हिन्द पॉकेट बुक्स

उतरते ज्वार की सीपियां

राजेन्द्र अवस्थी हिंदी के प्रख्यात पत्रकार और लेखक थे। उनका जन्म मध्य प्रदेश के जबलपुर जिले के ज्योतिनगर गढा इलाके में हुआ था। वे *नवभारत*, *सारिका*, *नंदन*, *साप्ताहिक हिन्दुस्तान* और *कादम्बिनी* के संपादक रहे। उन्होंने अनेक उपन्यासों, कहानियों एवं कविताओं की रचना की। वह ऑथर गिल्ड ऑफ इंडिया के अध्यक्ष भी रहे। दिल्ली सरकार की हिन्दी अकादमी ने उन्हें1997-98 में साहित्यिक कृति से सम्मानित किया था।

उतरते ज्वार की सीपियां

राजेन्द्र अवस्थी

हिन्द पॉकेट बुक्स
पेंगुइन रैंडम हाउस इम्प्रिंट

हिन्द पॉकेट बुक्स

यूएसए। कनाडा। यूके। आयरलैंड। ऑस्ट्रेलिया। सिंगापुर
न्यू ज़ीलैंड। भारत। दक्षिण अफ्रीका। चीन

हिन्द पॉकेट बुक्स, पेंगुइन रैंडम हाउस ग्रुप ऑफ़ कम्पनीज़ का हिस्सा है,
जिसका पता global.penguinrandomhouse.com पर मिलेगा

पेंगुइन रैंडम हाउस इंडिया प्रा. लि.,
चौथी मंजिल, कैपिटल टावर -1, एम जी रोड,
गुड़गांव 122 002, हरियाणा, भारत

पेंगुइन
रैंडम हाउस
इंडिया

प्रथम संस्करण हिन्द पॉकेट बुक्स द्वारा 1981 में प्रकाशित
यह संस्करण हिन्द पॉकेट बुक्स में पेंगुइन रैंडम हाउस द्वारा 2022 में प्रकाशित

10 9 8 7 6 5 4 3 2

इस पुस्तक में व्यक्त विचार लेखक के अपने हैं, जिनका यथासंभव तथ्यात्मक सत्यापन किया गया है, और इस संबंध में प्रकाशक एवं सहयोगी प्रकाशक किसी भी रूप में उत्तरदायी नहीं हैं।

ISBN 9789353494049

मुद्रकः रेप्रो इंडिया लिमिटेड

www.penguin.co.in

This is a legitimate digitally printed version of the book and therefore might not have certain extra finishing on the cover.

उतरते ज्वार की सीपियां

जलती हुई धूप की सुगन्ध और खामोशी! शाम ढले अभी देर नहीं हुई थी। हर काम का एक वक्त होता है। उसने बिना वक्त जाने यह समय क्यों निश्चित किया? आकर बैठे पांच मिनट ही हुआ होगा, लगता था, घंटे-भर से बैठा हूं।

कमरा साफ-सुथरा था। नंगी सफेद दीवारें और फर्श पर लाल गलीचा! एक गोले में दीवारों से सटी शानदार कुर्सियां और उनपर पड़ा हुआ लिनिन का हल्का-महीन-सा कपड़ा! पूरे कमरे में नजरें घूमकर दरवाजे पर पहुंचीं तो एक आदमी भीतर आता हुआ दिखाई दिया—बालों से टपकता हुआ तेल, नक्काशीदार कुर्ता और सटा हुआ पायजामा! सीधे भीतर आकर उसने सामने की दीवार पर लगे बटन एक साथ खोल दिए। कमरा ट्यूब-लाइट से चमकने लगा और दोनों पंखे तेजी से घूमने लगे।

'दूकान खुल राई!' मैंने अपने-आप कहा और अपने जूते की नोंक से गलीचे को हल्के-हल्के रगड़ने लगा। उसी समय आयशा कमरे में आई।

"हलो," उसने कहा, "आप हैं!"

"जी···!"

आयशा मुसकुरा दी। मेरे पूछे बिना ही उसने कहा, "आपकी शक्ल पहले देखी है! आज बोहनी अच्छी होगी!" और होता तो शायद खुश हो जाता। मैं झेंप गया। मुझे लगा आयशा मेरे इतने जल्दी आने पर व्यंग्य कर रही है। अपनी झिझक मिटाते हुए मैंने कहा, "गनपत ने यही समय दिया था मुझ। उसके दिए समय से मैं वैसे ही 15 मिनट लेट हूं···!"

आयशा ने सारे कमरे में एक चक्कर लगाया और फिर मेरे पास आकर बैठ गई। बोली "पन्द्रह मिनट की उसके पास क्या कीमत है? कहीं ठहर गया होगा। गाहकी का मामला है। है बेचारा बहुत भला आदमी!" इसके बाद आयशा ने क्रॉस बनाते हुए ईशू को सलाम किया। उसने जब दुबारा मेरी ओर देखा तो आंखों में एक सहज और उदार नमी थी। झुर्रियों से भरे और पाउडर पुते हुए चेहरे पर भोलापन और ओठों में याचना की फुरफुरी थी! उसने अपना हाथ मेरे कंधे पर रखा तो मेरा पूरा शरीर सिहर उठा। उस ठंडे और बेजान हाथ का स्पर्श ही असहनीय था। लेकिन उस क्षण आयशा का भोलापन सभी कुछ सहन करने के लिए बाध्य कर रहा था। उसने कहा, "बोहनी हो जाए। आपका हाथ लगेगा तो आज की रात और रातों से ज्यादा बड़ी होगी!"

मेरे उत्तर की प्रतीक्षा किए बिना उसने अपनी गरदन ऊपर उठाकर आवाज लगाई, "रीता, सबीना, अबीना, माले, जूरीं, नरगिस, डॉली···!" सरकस की तरह एक के पीछे एक सारी लड़कियां आकर मेरे सामने खड़ी हो गईं। मैंने एक उड़ती हुई नजर डाली।

एक बार उन सबकी ओर देखकर मैंने आयशा से कहा, "गनपत को आ जाने दीजिए। मैं आज एक खास काम से आया हूं!"

"गनपत के आने न आने से कोई फर्क नहीं पड़ता! आप···!" मैं जानता था, इसलिए बीच में ही उसे रोककर मैंने पन्द्रह रुपये उसकी ओर बढ़ा दिए। उसने लगभग छीनते हुए, रुपये अपने माथे से लगाए और एक लड़की के हाथ में देते हुए कहा, "ईशू के सामने रख आओ!"

आयशा अब और खुश थी। मेरी ओर सीधा मुंह करके बैठ गई और बोली, "देखिए, इन्हें, जिसके नसीब खुले होंगे आपकी नजरों का शिकार बनेगी!"

मैंने एक बार फिर उन सबको देखा। सभी मुसकुरा रही थीं। एक ने मुझे देखते ही अपनी चोटी हाथ में लेकर हिलाना शुरू कर दिया था। एक सिरे से देखते हुए आखिर तक पहुंचा तो मैंने देखा, आखिर में खड़ी लड़की की आंखें झुकी हुई हैं।

वह अंगूठे से गलीचे को कुरेद रही है। उसे एक बार आंख भरकर मैंने देखा और फिर सबकी ओर देखकर मैंने कहा, "आप लोग अभी जाइए!"

लगभग सभी अपनी हथेली अपने-अपने मुंह के सामने ले जाकर जोर से खिलखिला उठीं। उनमें एक स्वर था, "अरे ऽऽऽ इसे तो कोई पसन्द नहीं!"

"मुझे सभी पसन्द हैं," मैंने आयशा की ओर देखते हुए कहा, "लेकिन गनपत के आने तक ठहर जाइए!"

उसी समय दो आदमी कमरे के भीतर आए। सारी लड़कियां एक साथ पीछे हटीं और दीवार से लगी कुर्सियों पर जाकर बैठ गईं। अब उनकी नजरें उन दो आदमियों पर थीं। आयशा धीरे से उठी और उन दोनों के बीच आकर बैठ गई। उसके जाने से मुझे राहत मिली। नीचे नजरें किए हुए मैं मन-ही-मन में गनपत को गालियां देता रहा! कभी मेरे दांत अपने आप ओठों को काटते और कभी...!

गनपत एकाएक कमरे में आ गया है, यह पता तब लगा, जब एक लड़की ने अजीब-सी आवाज में उससे कहा, "गनपत भाई, आपके लिए तो सारा बंगला ठहरा है!" इसके साथ ही सारी लड़कियां एक साथ हंस पड़ीं। उसी हंसी के बीच आयशा ने दो आवाजें दीं। शायद दो लड़कियों के नाम थे। मैंने ऊपर देखा तो पहले उन दोनों आदमियों की भीतर जाती हुई पीठ दीखी और फिर पास खड़ा गनपत! जी हुआ कसकर एक तमाचा गनपत के गाल पर जड़ दूं और उठकर बाहर चला जाऊं।

गनपत ने भरी आंखों से मुझे देखा और पास आकर बैठ गया, बोला, "सा'ब, आप नाराज होगा! होनेच को चाहिए! साला आपुन का भाग ही ऐसा है। जनसेवा जो करता है!"

"जनसेवा!" मैंने आश्चर्य से उसकी ओर देखा।

"हां, सा'ब! साले का लड़का मर गिया!"

"किसका लड़का, गनपत?"

"चाल में रहता है! पड़ौसी है! कभी बोला नहीं अपुन से! लेकिन...!"

गनपत ने एक लम्बी सांस ली—"जरूरत भी कुछ होता

हैं। इसीलिए भगवान कहता है—किसी से बैर मत करो!··· लड़का मर गिया, पर कोई मरघट जाने को तैयार नहीं। तो सा'ब आपुन तो जनसेवक जो ठहरा! लड़के की लाश को अपने हाथ में उठाया और उससे बोला, 'चलो, मेरे साथ!' अब सा'ब साले कूं देर न होगा तो क्या होता···।"

गनपत के चेहरे पर जनसेवा से उपजा संतोष था। इसके बाद भला कौन, किस बात की शिकायत करेगा! इस प्रसंग के बाद मेरा मन उखड़ जाएगा, इसलिए उसने पहले एक नाटक-सा किया। आयशा से कई मजाक किए। इसी मजाक के बीच बोल उठा, "आयशा, ये सब क्या हो रहा है?"

"क्या?" आयशा परेशान हुई।

"तुम्हारी उमर क्यों वापस लौट रही है?" आयशा ही क्यों सारा कमरा हंसी से गूंज उठा। मैं भी जोर से हंस पड़ा। आयशा ने तो उसके सामने लगे आईने में अपना चेहरा आड़ा-तिरछा करके देखना शुरू कर दिया और उसे यूं नाटक करते देखकर और लड़कियों ने घेर लिया। सभी कहने लगीं, "हां, री मैडम तो मिस होती जा रही हैं!"

सारे कमरे का वातावरण बदल गया था। रात्रि के पहले कदम के साथ ही पूरा कमरा खूबसूरत और नशे में धुत दिखाई देने लगा। गनपत अपनी जगह से उठ खड़ा हुआ और पहले बायें घूमकर फिर दाहिनी ओर मुड़ गया। आखिरी कतार में खड़ी एक लड़की को पकड़कर वह मेरे पास ले आया। उसे यूं खींचकर लाते देखकर सभी को हंसी आ गई। गनपत ने कहा, "यही है वो लड़की!"

"अरे···!" और लड़कियों ने अपनी हथेलियां अपने मुंह के सामने रख लीं और आंखें निकालकर मेरी ओर घूरने लगीं।

आयशा ने सोचा था, मैं अपने पन्द्रह रुपये वसूल करने के लिये सबीना के साथ 'डीलक्स' कमरे में गया हूं। मेरे लिए स्थिति और थी। उन दिनों रणजीत स्टूडियो में मैंने अपना आफिस खोला था और बाकायदा एक प्रोड्यूसर के रूप में जाना जाने लगा था। तीन-चार फिल्मों के डायलॉग लिख रहा था और पन्द्रह लाख रुपये की लागत से एक बड़ी फिल्म बनाने के प्लान

तैयार कर चुका था। लेकिन पास में पैसा नहीं था। गनपत ने जब सबीना का किस्सा बताया था, तो मुझे लगा, इससे अच्छी कहानी एक बॉक्स-आफिस फ़िल्म के लिए नहीं मिल सकती!

सबीना हर तरीके से अनजान, पलंग के एक कोने पर बैठ गई। सामने आदमकद शीशा था और उसमें सबीना का अक्स पूरी तरह उभरकर उतर रहा था। थोड़ी देर मैंने उसे सिर से पैर तक देखा! सोचता रहा, यह लड़की भी इतने ऊंचे इरादे रख सकती है।

उसने मुझे घूरकर देखा और एकाएक खड़ी हो गई। पीठ की ओर हाथ ले जाकर वह अपने ब्लाउज के बटन खोलने लगी, तो मैंने उसे पकड़कर अपने पास खींच लिया। एक दबी हुई 'सी ऽऽऽ' के साथ वह पलंग पर बैठी, तो मैंने कहा, "थोड़ी प्रतीक्षा नहीं कर सकतीं?"

"देर हो जाती है तो आयशा गालियां देने लगती है!"

"उसे मैं समझ लूंगा।"

"आयशा का कहना है कि व्यापार में कुछ नहीं समझा जाता!"

मैंने उसके कंधे पर हाथ रखे और समझाया कि गनपत मुझे लाया है और उसके बारे में मुझे सारी बातें बता चुका है। यह सुनकर वह एकदम खुश हो गई। उसने नीचे उतरकर मेरे पैर पकड़ लिए। बोली, "आपका एहसान हमेशा मानूंगी।"

मैंने हाथ पकड़कर उसे उठाया और पलंग पर बैठाते हुए बोला, "मेरे कुछ प्रश्नों का सही जवाब दोगी?"

"जी, हां!"

"कहां रहती हो?"

"बनारस की हूं। दशाश्वमेध घाट पर ही मकान है।"

"पिता जी?"

"न मां है, न बाप! मौसी के यहां रहती थी!"

"मौसी परेशान करती थी?"

"खास नहीं! मां को छोड़कर वैसे तो सभी परेशान ही करते हैं, किन्तु मुझे शिकायत नहीं है!"

"तब? यहां कैसे आईं?"

"निरंजन टाकीज का गेट-कीपर लाया था।"

“उसके साथ भागकर आई थीं?”

सबीना ने सिर हिलाकर इसे स्वीकार किया। फिर उसने बताया कि एक दिन वह निरंजन टाकीज में ‘पाताल-देव’ नाम की पिक्चर देख रही थी। उसका हीरो हिन्दी फिल्मों का नामवर आदमी है। ब्रह्मा की भूमिका में उसने कमाल कर दिया। लगता था साक्षात् ब्रह्मा खड़े हैं।

तब मौसी ने दोनों हाथ जोड़कर अपना सिर झुकाया था। सामने की कुर्सी में बैठे एक आदमी ने स्टेज पर नारियल फोड़ा था। ब्रह्मा, गंगा के किनारे ध्यानावस्थित खड़े थे। बनारस का दशाश्वमेध घाट एकदम सीधा परदे पर उतर आया था। मौसी ने कहा था, ‘सरस्वती, ब्रह्माजी को सिर झुका···।’

मैंने उसी समय सबीना को रोककर पूछा, “ये सरस्वती कौन थी?”

“ओ ऽऽऽ” उसने कहा, “मेरा असली नाम सरस्वती ही है। सबीना नाम तो उस गेट-कीपर ने रखा था!”

सामने के आईने में सबीना का अक्स देखकर मैं स्तब्ध रह गया। वह एकदम भाव-विभोर हो गई थी, मैंने पूछा, “गेट-कीपर के साथ तुम्हारी दोस्ती केसे हुई?”

सबीना ने बताया कि वह ब्रह्मा को देखकर इतनी भाव-विभोर हो गई थी कि उसकी आंखों से आंसू निकलने लगे थे। और वह सिसकने लगी थी! सिसकने की आवाज जब आस-पास गई तो बाजू में बैठे लोग ‘हू ऊ ऊ ऊ’ कहकर चिल्लाने लगे। उसी समय गेट-कीपर अन्दर आया और उसे उठाकर बाहर ले गया। उसने पूछा, ‘सिनेमा-हॉल में क्या तमाशा कर रही थीं?’

“मैंने उसे अपनी बात समझाई, ‘भगवान को देखकर मुझे अपने मां-बाप याद आ गए! मैं सोचने लगी कि भगवान से कहूं कि वे कम-से-कम मेरी मां वापस लौटा दें!’

‘इसमें क्या बड़ी बात है!’ उसने कहा, ‘भगवान को पाना इतना कठिन नहीं है!’

‘अच्छा! तो वे कहां मिलेंगे?’ मैंने पूछा।

उसने समझाया, ‘भगवान बम्बई में रहते हैं! कल सुबह

यहां आना तब बताऊंगा।"

सबीना का गला भर आया था। उसने जब मेरी ओर देखा तो उसकी आंखें नम थीं। उजेले में वे एकाएक चमक उठीं। फिर उसने सामने के आईने में अपने को देखकर साड़ी से आंसू पोंछे। उसका दर्द बढ़ रहा था। मैंने कहा, "धीरज धरो और पूरी कहानी सुना दो!"

सबीना ने बताया दूसरे दिन वह उस गेट-कीपर से मिली। उसने बड़ी दिलासाएं दीं और सबीना को एक सप्ताह बाद बम्बई ले जाने का वायदा किया। सबीना ने अपनी मौसी की सोने की चूड़ियां चुरा लीं और एक दिन गेट-कीपर के साथ बम्बई आ गई। तीन-चार दिन गेट-कीपर ने उसे बहत घुमाया, लेकिन उसका कहीं मन नहीं लगा। वह लगातार जिद किए जा रही थी कि पहले वह भगवान के दर्शन करा दे। पांचवें दिन उसने सोने की चूड़ियां बेच डालीं। सुबह से लेकर शाम तक 'फिल्मिस्तान' के दरवाजे पर वे दोनों दो दिन तक खड़े रहे। भगवान दोनों दिन नहीं आए। गेट-कीपर बहुत दौड़-धूप कर चुका था। उसे कहीं भगवान का पता नहीं चला।

एक दिन रात को सबीना ने उसे बहुत-सी जली-कटी बातें कहीं। उसके ईरादों का पर्दाफाश किया, तो गेट-कीपर भी बिगड़ उठा। बोला, "अब मेरी छुट्टी खतम हो रही है। तेरे पीछे मैं अपनी नौकरी थोड़े छोड़ूंगा!'

'लेकिन मैं तो भगवान से बिना मिले नहीं जाऊंगी!' मैंने अकड़कर कहा।

वह बोला, 'अब तुम भगवान के ही लायक हो!'

उसकी बातें सबीना की समझ में नहीं आईं। लेकिन दूसरी सुबह वह उसे अकेला छोड़कर भाग गया था। सबीना अकेली भटकती रही और रोती रही। इसी तलाश में उसे गनपत मिल गया और उसीने यहां लाकर उसे रख दिया।

"अच्छा!" मैंने दांत पीसे। मुझे गनपत पर क्रोध आया। मैं उठकर खड़ा हो गया। मैंने पूछा, "गनपत ही तुम्हें लाया था यहां?"

मैं दरवाजे के पास तक पहुंचा ही था कि उसने आकर मेरे हाथ पकड़ लिए। बोली, उस पर नाराज होना बेकार है।

वह बहुत दयालु आदमी है।"

मैंने लौटकर सबीना को देखा तो वह अपनी दोनों बाजुओं को मेरी पीठ पर लगाकर सटकर खड़ी हो गई। बोली, "गनपत ने कहा था, एक दिन वह ऐसा आदमी जरूर लाएगा जो भगवान से मुझे मिला सकेगा! और आज वह आपको लाया है! मुझसे आप जो चाहे ले लें; मेरी इतनी-सी मनोकामना पूरी कर दें। भगवान को देखकर मैं बनारस वापस लौट जाऊंगी। उन्हीं की प्रतीक्षा में मुझे यहां रोज चार पांच आदमियों का शिकार होना पड़ता है।"

मुझे सबीना से हमदर्दी हुई। उसके कंधों पर हाथ रखकर मैंने पूछा, "मुझपर एकाएक इतना विश्वास क्यों कर रही हो?"

"इतना अविश्वास मेरे साथ हुआ है कि अब उसी को लेकर जीने लगी हूं। आप भी भगवान को नहीं दिखाएंगे तो मुझे दुख नहीं होगा। मैं धीरज धर लूंगी।...लेकिन नहीं," उसने अपनी सहज और बंधी हुई भोली आंखों से मेरी ओर देखकर कहा, "भगवान आपके दोस्त हैं, गनपत कभी झूठ नहीं बोल सकता!"

मैं उसे क्या उत्तर देता! रह-रहकर जी होता था कि दरवाजा खोलकर गनपत को भीतर बुलाऊं और उसीके सामने उसे झिड़ककर पुलिस के हवाले कर दू। लेकिन तभी मुझे याद आया कि इसमें गनपत का कोई दोष नहीं है। मैंने ही उससे कहा था कि वह ऐसी लड़की से मुझे मिला दे।

"अच्छा?" मैंने सबीना की पीठ पर हाथ रखकर कहा, "तुम मेरे दफ्तर में आना, मैं तुम्हें भगवान से मिला दूंगा। लेकिन उसके बाद तुम्हें बनारस वापस चले जाना होगा!"

"जी!" जिस ढंग से उसने यह शब्द कहा, उसमें मन की सारी आस्था उतर आई थी। अब वह बहुत खुश थी। उसका चेहरा एकाएक चमकने लगा था और वह अधिक चपल होकर हरकतें करने लगी थी। उसने मेरे दोनों हाथ पकड़ लिए और अपने गालों पर उन्हें फिराते हुए बोली, "हुजूर, क्या हुकुम है?"

"दरवाजा खोलो!" अपना पता लिखा हुआ कार्ड उसे देकर मैंने संयत किन्तु आदेशात्मक स्वर में कहा। वह आगे

कुछ नहीं कह सकी और उसने दरवाजा खोल दिया।

बाहर आया तो हॉल कहकहों से गूंज रहा था। सात-आठ मरदों की भीड़ हो गई थी और एक सरदार को लेकर जोर से हो-हल्ला हो रहा था। सरदार ने किसी लड़की को पसन्द किया था, किन्तु उसने अपने सिर के बालों से अपना चेहरा छुपा लिया था और लड़की उसके साथ जाने को तैयार नहीं थी। आयशा उसपर जोर-जोर से बिगड़ रही थी, लेकिन वह लड़की अपनी जगह से जरा भी हिलने को तैयार नहीं थी। दूसरे कोने में एक विदेशी गोरा आदमी एक मोटी लड़की की बांहों पर हाथ फेर रहा था। गनपत बीच में बैठा एक दुबली-पतली लड़की से घुल-घुलकर बातें कर रहा था।

मैं बाहर आया तो आयशा जोर से चिल्लाई, "सबीना!"

गनपत चौंक उठा। उठकर वह मेरे पास आ गया। मैंने कहा, "चलो यहां से!" मैंने लौटकर एक बार सबीना की ओर देखा। वह अभी तक मुझे देख रही थी, यद्यपि एक आदमी ने पास आकर उसका हाथ पकड़ लिया था।

दो

यह कमरा मेरा ही है, मेरे लिए पहचानना कठिन था। सुबह से विनोद और गणेश उधार का फर्नीचर लाकर कमरे को सजा रहे थे। बीच में आलीशान गलीचा और कोने पर भगवान बुद्ध की प्रतिमा। इस प्रतिमा को कविता स्वयं लेकर आई थी। मैंने उस मूर्ति को देखकर एक लम्बी सांस ली, तो विनोद ने पूछा, "क्या हुआ आपको?"

कविता शायद समझ गई थी। उसने मजाक किया, "इन्हें वैराग्य हो रहा है, शायद!" फिर वह बोली, "इन्हीं के सामने सेठ रतनचन्द फंसेगा!"

"सो तो तुम्हारा काम है," मैंने कहा, "तुम चाहो तो उसे चुटकी बजाकर काट सकती हो! वैसे हमारा इरादा किसी तरह की बेईमानी करने का नहीं है। फिल्म वालों की तरह पैसा हम नहीं खाना चाहते!"

"लेकिन वह सेठ भी तो सहज ही विश्वास नहीं करने

वाला," गणेश ने कहा। कविता को भरोसा था। कीमती जरी लगी हुई अपनी साड़ी का पल्लू ठीक करते हुए उसने कहा, "वह आ भर जाए!"

"कल जुहू में तो पूरा दिलासा दे चुका है वह", मैंने सबको विश्वास दिलाया। जबलपुर का है वह और मैं उसे खूब जानता हूं। उसका बाप करोड़पति रहा है। उसके मरने के बाद सारी सम्पत्ति इसके ही हाथ लगी है। फिल्मों का शौकीन है और सेठों के वंश में बिगड़ा हुआ इकलौता लड़का है। मुझे पिछले तीन-चार सालों से पत्र लिख रहा है। इस बार वह पक्का इरादा बनाकर आया है—यहां बात ठीक हुई, वहां मुहूर्त और फिर शूटिंग!"

कल शाम शान्ताक्रुज में वह लम्बी-लम्बी बातें करता रहा। गणेश ने तभी कहा था—"इन्हें तुमने क्या समझा है, जिसे चाहें बुला सकते हैं!" उसी ताव में रात को रणजीत स्टूडियो में शूटिंग देखने वह चल पड़ा था। उस फिल्म की हीरोइन वनीदा थी और वह इस नामवर अभिनेत्री के दर्शनों के लिए पागल था। स्टूडियो में घुसते ही वनीदा ने मुझे देखा तो वह मेरे पास आकर खड़ी हो गई थी। तब एक सेठ को बदला जा रहा था। उसने पास आकर मुझसे बहुत-सी बातें की थीं और जिस ढंग से वह बातें कर रही थी, सेठ रतनचन्द उसे देखकर ही हैरान था। जब शूटिंग शुरू हुई और हम बाहर आए तो उसकी लगाम मेरे हाथ में थी! वह वनीदा को लेकर ही फिल्म बनाने की सोचने लगा था और इसके लिए मुझे एक लाख रुपये तक एडवांस देने को तैयार था।

यह सब देखकर कल से ही गणेश के पंख निकल आए थे। वह पिछले पन्द्रह सालों से फिल्मी दुनिया की खाक छान रहा है। उसे सभी जानते हैं, और यही उसकी सबसे बड़ी असफलता भी है, कोई काम देने को तैयार नहीं। बम्बई की फिल्मी दुनिया का यही हाल है। बाहर से आए अनजाने लोग यहां सेठ समझे जाते हैं, क्योंकि उनकी पोल खुली नहीं होती। थोड़े दिनों के बाद, यदि वह सफल नहीं हुआ, तो उसकी गति भी वही होती है।

मुझे पाकर, इसीलिए गणेश सबसे ज्यादा खुश हुआ है।

उसने चारों ओर इतनी बातें कर रखी थीं कि कोई अविश्वास करने को ही तैयार नहीं था कि मेरे पास पैसे नहीं हैं और मैं यह किसी पैसे वाले को फसाने की चिन्ता में रात-रात जागता रहता हूं।

कविता ने सारे कमरे को सजाकर ऐसा बना दिया था कि कैसा भी शिकार वहां से खाली हाथ वापस नहीं जा सकता था। वह दस सालों से फिल्मों में काम कर रही है लेकिन अभी तक किसी मेजर रोल में नहीं आ पाई। उसकी स्थिति एक्स्ट्राओं से थोड़ी-सी बेहतर थी।

कविता निहायत खूबसूरत और गठे बदन की लड़की थी। पचीस के आसपास उमर होते हुए भी शरीर और अपनी दूसरी हरकतों से वह अठारह के ऊपर नहीं जा सकी थी। बढ़िया साड़ी और कीमती जेवरों में उसका लावण्य पूरी तरह निखर रहा था।

मैंने बाहर झांककर खिड़की से देखा—धूप तेज हो गई थी। गणेश ने घड़ी देखकर कविता से कहा, "आने का समय हो गया है। आते ही···!" इसके बाद वह सारी बातें बता गया कि कविता को किस तरह और क्या बातें करनी चाहिए। कब उसकी अंगुलियों को जान-बूझकर छूना चाहिए और कब बातों-ही-बातों में एक जोर का हाथ उसकी जांघ पर दे मारना चाहिए। उसने समझाया कि हर बात का एक ही जवाब होता है और वह है—'हां!' हर समय हंसकर उसकी 'हां' में 'हां' मिलाने से सारा काम हो जाएगा। उसने कविता को यहां तक समझाया कि मौका मिले और एक आंख दबाकर सेठ को घायल करने की नौबत आए, उससे भी चूकना नहीं चाहिए।

इसके बाद गणेश ने एक लम्बा कागज निकाला। मुझे बुलाकर उसने सारा हिसाब समझाया। उसने कहा "कहानी का प्रश्न तो उठेगा ही नहीं। आपको वह जानता है और कहानी की बात आते ही वह आपके हाथ जोड़ लेगा। अब रही बाकी बातें तो वनीदा के साथ आपकी जो दोस्ती है, वह देख ही चुका है। वही हमारी हीरोइन होगी। हीरो के लिए···।" गणेश ने सारे प्रसिद्ध नायकों के नाम दोहरा दिए और मुझे समझाया कि मैं इन सबके नाम ले दूं, वह इनमें से किसी एक

के नाम को सबसे उपयुक्त बताएगा। उस समय कविता को मुसकुराकर सिर्फ इतना-सा उत्तर देना चाहिए—'इसे आप मेरे हवाले छोड़ दीजिए।' इसी तरह निर्देशक और संगीतकार की बात तय हुई और फिर गणेश ने वह लम्बा बजट एक बार सबको पढ़कर सुना दिया ताकि वह ताजा हो जाए। पूरा बजट पन्द्रह लाख रुपयों का था और सारी योजना इस तरह तैयार की गई थी कि वह बॉक्स ऑफिस हिट फिल्म बनेगी। विनोद के जिम्मे इस बात की वकालत करने का काम सौंपा गया था कि वह सेठ रतनचन्द के दिमाग में यह बात भर दे कि मुझसे अधिक प्रभावशाली आदमी फिल्मी दुनिया में है ही नहीं। इसके लिए एक नाटक और रचा गया।

मीरचदानी मेरा पड़ोसी था और एक कारखाने में इंजीनियर का काम करता था। उसके यहां टेलीफोन था। टेलीफोन एक्सचेंज के एक आदमी को बुलाकर रात को ही वे तार बढ़वा दिए गए थे और अब यह टेलीफोन मेरे ड्राइ गरूम में रखा था। सेठ रतनचन्द जब चर्चा कर रहा हो, तभी दो चार कॉल वहां आने चाहिए। एक काम और गनपत के जिम्मे था और इस तरह सेठ रतनचन्द को अपने जाल में फंसाने की योजनाएं भली प्रकार बनाई जा चुकी थीं।

उस दिन मुझे यह सब अटपटा और बेमानी लग रहा था, इसलिए भी कि सेठ रतनचन्द से पैसा छीनने और खाने का मेरा विचार नहीं था। मैं वाकई गम्भीर होकर एक बड़ी फिल्म बनाना चाहता था। मेरी इस गम्भीरता का कारण शायद था कि महीने-भर के भीतर ही रणजीत स्टूडियो का मेरा ऑफिस लड़के-लड़कियों से भरा रहने लगा था। फिल्मों में बरसों से चक्कर काटने वाले लोग भी मेरे पास आने लगे थे और इतने समय में ही ऐसी धाक जम गई थी कि मुझे कहीं पैसा खर्च न करना पड़ता। आने वाले ये लोग अपने-आप ही खर्च करने लगे थे।

सूरज थोड़ा-सा नीचे उतरा तो हल्दिया आ गया। कविता उसे डैडी कहा करती थी। हल्दियां बम्बई की फिल्मी दुनिया में मील का पत्थर था।

दस-पन्द्रह साल पहले बम्बइया फिल्में हल्दिया की छाया

से कांपती थीं। पेडर रोड में उसका अपना बंगला था और वह तीन-तीन कारें रखा करता था। उसकी अपनी निजी 'ब्यूक' कार थी। इसी बंगले के सबसे ऊपर दो आलीशान कमरे थे, जिनमें एयर-कण्डीशनर लगे हुए थे और आलमारियां विदेशी शराबों से भरी रहती थीं।

भारी-भरकम शरीर और गम्भीर चेहरा! अनुभव की लकीरें उसके कपाल से लेकर गालों तक उतर आई थीं। अब दादर में रणजीत स्टूडियो के पास ही एक पुराने और छोटे-से मकान में रहता है।

हल्दिया के आते ही कविता खुश हुई। उसीने एक बार बताया था कि सबसे पहला रोल हल्दिया ने ही अपनी एक फिल्म में उसे दिया था। हल्दिया ने आते ही कविता के सिर पर हाथ फेरा और उसके सौन्दर्य की जी-भरकर तारीफ की! मैंने कहा, "हल्दियाजी, सब हो चुका है। सेठ के आने-भर की देर है!"

हल्दिया ने जेब से एक कागज निकाला और उसे खोलते हुए बोला, "मैं रात-भर बजट बनाता रहा हूं। आपकी 'ए-क्लस' फिल्म के लिए मैंने बारह लाख के भीतर ही बजट बना दिया है!"

"अच्छा!" विनोद ने गौर से कागज की ओर देखकर कहा, "आपने हीरोइन किसे चुना है?"

"वनीदा को" मेरी ओर देखकर हल्दिया ने कहा, "वह इनकी दोस्त है न! बिना पूरे पैसे पहले लिए काम कर देगी। टेरेटरीज बिकते ही बाकी पैसे उसे दे देंगे। और नाम तो उसका इतना है कि अकेले उसीके नाम पर फिल्म बिक जाएगी।"

"हमने भी वनीदा का ही नाम तय किया था, इसलिए हमें खुशी हुई। कविता ने पूछा—"और हीरो?"

हल्दिया एक बार मजाक करने में नहीं चूका बोला, "तुम जिसे कहो। तुम्हारी मुट्ठी में तो बड़े-बड़े हीरो हैं!"

"हां" कविता बोली, "तो आप हल्दिया को ही हीरो बना लीजिए। इस समय वही मेरी मुट्ठी में है!"

जोर का एक ठहाका सारे कमरे में गूंज उठा और मैंने सन्तोष-भरी नजरों से कविता की ओर देखा। ऐसा ही मजाक

वह सेठ रतनचन्द से कर दे तो वह पैसा क्या, अपने जिगर का एक टुकड़ा भी काटकर यहीं छोड़ जाएगा।

हल्दिया ने उसी समय हमें सावधान किया कि वक्त थोड़ा है और गम्भीर होकर सारी योजनाओं पर विचार किया जा सकता है—देवकुमार, दयानन्द और शमशेर! इन तीनों को हल्दिया जब चाहे बुला सकता है! बातचीत के बीच कविता थोड़ा परेशान-सी-लगी। शायद वह भी जानना चाहती थी कि उसकी क्या भूमिका होगी!

मैंने सबको रोककर कविता को धीरज बंधाया और कहा "हीरोइन के बाद तुम्हारा ही नम्बर होगा।" हल्दिया ने कहा "फिल्मों में पुराने और बीते हुए लोगों को कोई जगह नहीं है।" हल्दिया शायद इस योजना पर बहुत गम्भीर था। उसने कहा, "मैं भी पुरे प्रोडक्शन से बाहर रहूंगा, गो कि काम सारा करूंगा।" उसने समझाया कि इस समय मेरा ही सितारा तेज हैं और मेरी धाक भी है। इसलिए प्रोडक्शन से लेकर सिले-क्शन तक फाइनल रूप से मैं ही डिक्लेयर करूं। हल्दिया की इस बात पर कविता की तीखी नजरें सीधे मुझपर पड़ीं। वे हल्की-सी सिमटकर एक नये रूप में बदल गईं और एक गंहरी रोमानी झलक उनमें उतर आई! कविता थोड़ा सरककर मेरे पास आई और मेरे कन्धे पर अपना बायां हाथ रखककर बोली "यह हाथ दर्द करने लगा है, यहां रख लूं!"

"रख लीजिए" मैंने कहा तो कविता का आधा शरीर मुझसे आ लगा। मैंने कहा, "सेठ रतनचन्द पर यदि यह हाथ ऐसा ही रखा जाए तो मैदान साफ हो जाएगा!"

कविता ने जम्हाई लेते हुए कहा, "मुझे उससे क्या लेना-देना है। मेरे सेठ तो आप हैं।"

हल्दिया भी यह सुनकर हंस पड़ा। मैंने कविता की ओर देखकर कहा, "तुम्हारे लिए एक बड़ी जानदार भूमिका मेरी कहानी में हैं। हीरोइन तो नाम-भर के लिए है! सारे समय परदे पर तुम्हीं छाई रहोगी और बनारस की एक सीधी लड़की से लेकर ओपेरा-हाउस के कोठों की तरुणी तक की भूमिका तुम्हें करनी होगी···!"

गणेश ने उसी समय एक और तीर छोड़ दिया। "ये तो

आजकल तुम्हारा सपना देखने लगे हैं। कहते हैं कविता को ही हीरोइन क्यों न बनाया जाए!"

"डीयर!" कविता का शरीर अब मेरे और पास था। यह देखकर हल्दिया ने नाक-भौं सिकोड़े। बोला, "यह नहीं हो सकता! कविता नाम ही फिल्मी दुनिया में बदनाम हो चुका है!'

कविता तिलमिला उठी। एकदम सीधी बैठकर बोली, "किस तरह?"

हल्दिया इस बार बिलकुल नहीं हंसा! गम्भीर होकर उसने कहा, जैसे कि मेरा नाम बदनाम हैं!"

विनोद को लगा कि बात यहीं बिगड़ने लगी हैं। उसने कहा, "हल्दियाजी, मैं एक सलाह दूं।" हल्दिया की जगह कविता ने उत्तर दिया, "जी, दीजिए न!"

"हम आपका नाम बदल देंगे। कविता की बजाय आपका नाम छाया होगा और हम जोर-शोर से विज्ञापन करेंगे कि हमने एक नई लड़की खोज निकाली है, जो पहली बार फिल्म में आ रही है!" विनोद की तजबीज काम कर गई और सभी ने उसके दिमाग की दाद दी। लेकिन हल्दिया चुप ही रहा।

कविता को अच्छा नहीं लगा। वह शायद सोचने लगी कि फिर मेरा क्या काम है! क्योंकि उसी समय उसने सिर-दर्द का बहाना किया। मैं यह बात जान गया था। उसका खिला हुआ चेहरा फिर पीला पड़ गया था। मैंने अपनी कलाई में बंधी घड़ी की ओर देखा, सेठ को अब तक आ जाना था। अभी तक नहीं आया तो अब किसी भी समय आ सकता है। तब कविता को नाराज करना ठीक नहीं होगा। मैं उठकर खड़ा हो गया और कविता को दूसरे कमरे में ले गया। इस बार मैंने ही उसके कंधे पर अपने हाथ रखे। उसके गालों पर उतरती हुई काली लटों को मैंने ठीक किया और कहा, "तुम बेकार विवाद क्यों करती हो? काम मुझे करना है और मैं तुम्हारे सिवाय और किसी को दूसरी बड़ी भूमिका नहीं देने वाला।" इसके बाद मैंने उसकी खूबसूरती की तारीफ की। यह भी कहा कि उसके दायें गाल का काला तिल और बायें गाल पर गिरती हुई लटें अपने आपमें इतनी रोमानी हैं कि परदे

पर उनका निखार कुछ और ही होगा। सुनकर उसने कहा, "फिर आप तो टेक्नीकलर फिल्म बना रहे हैं न?"

"आप मत कहिए, हम कहिए" मैंने कहा, "हम टेक्नीकलर फिल्म बनाएंगे और रंगों में तुम्हारी खूबसूरती में चार नहीं, चौदह चांद लग जाएगे।"

कविता का चेहरा और पहले से भी ज्यादा ताजा और खिला हुआ तथा खूबसूरत हो उठा। वहां से हम दोनों जब फिर ड्राइंगरूम में आए तो हल्दिया ने मजाक किया, "कोई गुप्त समझौता हो गया लगता है!"

"जी हां, हो गया"—कविता की आवाज भी तैरती सी लगी।

उसी समय कॉलबेल बजी। हम सब एकदम सावधान हो गए। कविता ने अपना रेशमी पल्लू सिर पर डाल लिया। हल्दिया ने अपनी हथेली एक बार पूरे चेहरे पर फेर ली। गणेश और विनोद स्वयं-सेवकों की तरह उठकर खड़े हो गए। गणेश पीछे के दरवाजे से सोडा-लेमन लेने चला गया और विनोद ने बाहर जाकर मुख्य दरवाजा खोला। दो मिनट बाद ही वह लौट कर भीतर आया। उसने अपनी कपाल पर हाथ मारते हुए कहा, "एक आदमीं है, एक लड़की को लेकर आया है!"

"लड़की!" हल्दिया ने कहा।

मैं भी एक पल के लिए चक्कर में पड़ गया। बाहर आया तो गनपत था। उसके साथ थी—सबीना। मैंने दोनों को भीतर बुलाया। उनके भीतर आते ही फिर कॉलबैल बजी। इस बार जरूर सेठ रतनचन्द होगा! मैंने गनपत को पीछे के दरवाजे से बाहर किया। सबीना को भी उसके साथ भेज दिया और समझा दिया कि आध घंटे बाद दोनों फिर आएं और इस तरह आएं, जैसे पहली बार आ रहे हों और मुझे कतई नहीं पहचानते। गनपत ने मुसकुराकर यह नाटक खेलने का वायदा किया। उसने बाहर निकलते हुए सबीना को समझाया कि यह सब उसी के लिए हो रहा है। इस नाटक के बीच उसका मनोवांछित हीरो अवतरित होगा और उसकी मनोकामना पूरी हो जाएगी।

इस बार स्वयं हल्दिया ने बाहर जाकर दरवाजा खोला। सेठ रतनचन्द ही था। मैंने दोनों ही आवाजें सुनीं। रतनचन्द

देर से आने के लिए क्षमा मांग रहा था और हल्दिया ने उसे बाहर ही एक कुरसी पर बैठालकर कहा था, "वे इस समय एक बड़ी हीरोइन से उसके रोल की चर्चा कर रहे हैं।'

रतनचन्द की आंखें कमरे में घूमने लगी थीं। मैं दरवाजे की आड़ से देख रहा था। उसने पूछा, "कौन हैं वह?"

"एकदम नई लड़की"—हल्दिया ने कहा, "अभी इग्लैंड से लौटी है। हॉलीवुड की एक फिल्म में उसने काम किया है और पिछले साल जिस फिल्म को 'ऑस्कर' अवार्ड मिला था, उसमें उसी की एक्टिंग की खूब सराहना की गई है!"

सेठ रतनचन्द ने सारी बातें मान लीं। उसने पूछा, "तो आप लोगों ने पूरा प्लान बना डाला?"

"जी हां"—हल्दिया ने कहा, "आपका पैसा आया और हमने आर्टिस्टों को साइन किया। फिर मुहूर्त और उसी के साथ ग्यारह दिनों की शूटिंग!"

वे दोनों बात कर ही रहे थे कि गनपत सबीना के साथ सामने के दरवाज़े से आ धमका। मैंने कविता की पीठ पर हल्का सा घूंसा मारते हुए कहा—

"नाटक एकदम सही चल रहा है।"

"वह कौन है?" कविता ने पूछा।

"मैंने 'सी ई ऽऽऽ' करके उसे चुप रहने का आदेश दिया; हम दोनों दरवाजे की आड़ से देखते रहे।

हल्दिया ने बैठे-ही-बैठे पुछा, "किससे मिलना है?" गनपत ने मेरा नाम बताया तो हल्दिया ने कहा, "अब वे एक हीरोइन के साथ एक प्लॉट डिस्कस रहे हैं। आप भीतर आकर बैठ जाइए!" दोनों उसी कमरे में आकर बैठ गए और कविता ने बड़े चुलबुलेपन से मेरी बाहें दबाकर अपने गाल उनसे रगड़ दिए! मैं उसे पकड़कर भीतर ले गया। तब तक गणेश वापस आ गया था और सोडा-लेमन की बोतलें उसने आइस-बॉक्स में रख दी थीं।

मैंने विनोद से कहा, "पहले सेठ और हल्दिया को भीतर बुला लो!" वह उन्हें बुलाने चला गया और मैं टाइप की हुई एक बड़ी स्क्रिप्ट को सामने रखकर कविता की ओर देखने लगा। यह मेरे एक उपन्यास की पांडुलिपी थी, लेकिन उस

समय वह एक पूरी शूटिंग-स्क्रिप्ट का काम दे रही थी! सेठ रतनचन्द जैसे ही हल्दिया के साथ भीतर आया कविता ने हाथ जोड़कर उसका स्वागत किया। मैंने रतनचन्द की पीठ पर हल्का-सा हाथ मारकर कहा, "साहबजादे, कब से हम तुम्हारी रहा देख रहे हैं?"

"माफ कीजिए, व्यापार का मामला था!" उसने कई बार माफी मांगी। मैंने उसे बैठाकर पहले हल्दिया से परिचय कराया और उसे एक बड़ा 'फिल्मी पंडा' घोषित किया। इसके बाद कविता से परिचय कराते हुए मैंने कहा, "ये हैं छायाजी, आज-कल आठ फिल्मों में हीरोइन का काम कर रही हैं!"

कविता ने निहायत शराफत के साथ शरमाते हुए हाथ जोड़े और मेरी ओर देखकर बोली—

"सेठजी, इनकी कृपा है! वरना हम हैं ही क्या?"

हल्दिया ने कहा, "इन्होंने वाकई आते ही सारी फिल्मी-दुनिया में खासी धाक जमा ली है!"

योजना के अनुसार उसी समय टेलीफोन की घंटी बजी। गणेश ने टेलीफोन उठाया और कहा, "वनीदाजी आप से बात करना चाहती हैं!" हल्दिया ने कहा, "उनसे कह दो फिर फोन करेंगी। साहब काम कर रहे हैं!"

सेठ रतनचन्द व्यग्र हो रहे थे। बोले—"अरे यार, मुझे जरा उसकी आवाज ही सुनवा दो। उस दिन तो तुससे ··· !" हल्दिया ने जोर से कहा, "गणेश, इनके पास फालतू वक्त नहीं है। फोन रख दो!"

उसी समय विनोद ने आकर कहा कि सबीना तुरन्त मिलना चाहती है! सेठ रतनचन्द ने पूछा, "ये कौन है?"

"हमारी कहानी! हमारी फिल्म की जीती-जागती कहानी!" मैंने उत्तर दिया। फिर गणेश की ओर देखकर मैंने कहा, "दोनों को भीतर बुला लो!"

गनपत भीतर आने में हिचक रहा था। सबीना भी सहमती हुई सी भीतर आकर खड़ी हो गई। मैंने कहा, "बैठ जाओ!" गनपत को भी बुलाकर मैंने अपने पास बैठा लिया, लेकिन किसी से उसका परिचय नहीं करा सका। मैंने सबीना की ओर देकर पूछा, "क्या बात है, सबीना?"

उसने कहा, "आपने मिलाने का वायदा किया था। इसीलिए मैं आई हूं।"

कविता घूर-घूरकर कर मेरी ओर देख रही थी। मैंने सबीना से कहा, "एक देवी तो ये हैं!"

सबीना ने कविता को देखकर हाथ जोड़े और फिर अपनी नजर झुका ली। दो मिनट कमरे में खामोशी रही तो उसी तरह सिर झुकाए सबीना ने कहा, "मुझे उनसे मिलवा-भर दीजिए। दूर से देख लूंगी। बस···!"

सेठ रतनचन्द ने पूछा, "किससे मिलना हैं इन्हें!" "देवकुमार से" मैंने उत्तर दिया, "पाताल-लोक में इन्होंने उसे देखा था, तब से···!"

"जी, हां," सबीना ने उतने ही सहज भाव से कहा, "वे साक्षात् ईश्वर हैं। मैं जब से यहां आई हूं, लोग मुझे भरमाने में लगे हैं। कहते हैं, वह भी आदमी ही हैं और अच्छा आदमी नहीं है। न जाने क्यों, यहां के लोग देवताओं के खिलाफ हैं!"

मैंने देखा, लगभग सभी अपनी हंसी रोकने के लिए अपने होंठों को जोर से भींचे हुए थे। मैंने गनपत को अपने पास बुला कर उसे चुपचाप समझाया। एक पत्र लिखकर सबीना को दिया। उस समय कारदार स्टूडियो में देवकुमार की शूटिंग चल रही थी। मैंने कहा, "तुम दोनों सीधे कारदार चले जाओ। पत्र दे देना, तो देवकुमार स्वयं तुम से बात कर लेंगे।"

"नहीं, मुझे अब उनसे बात नहीं करनी। वे स्वयं मेरी बात समझ लेंगे। मैं सिर्फ उन्हें देखना चाहती हूं!" सबीन उस पत्र को पाकर खुश हो गई थी। बस तेजी के साथ उठी और हाथ जोड़कर कमरे के बाहर हो गई। गनपत को लेकर मैं दोनों को बाहर तक पहुंचाने आया। कमरे में वापस लौटा तो गणेश सोडा-लेमन की बोतलें खोल रहा था और गिलासों में ह्विस्की डाली जा रही थी।

रतनचन्द ने अजीब ढंग से मेरी ओर देखकर कहा, "वाकई, मान गए आपकी खासी धाक है!" धाक की बात पूरी नहीं हुई थी कि योजना के अनुसार टेलीफोन की घंटी फिर वजी। इस बार मैंने ही जाकर फोन उठाया और थोड़ी देर घुल-घुलकर बातें करता रहा। कमरे में बैठे हर आदमी को पता लग

गया कि मैं गुरुदत्त से बातें कर रहा हूं। हल्दिया ने सेठ रतनचन्द से कहा, "भाई, कौन है जो इनका दोस्त न हो!" टेलीफोन पर मेरा अंतिम वाक्य था, "यार, तू भी बे-समय परेशान करता है। फिर बात करेंगे।"

सेठ रतनचन्द के सामने गिलास अनछुआ रखा था। बाकी सबने गिलास उठा लिए थे। तब हल्दिया ने कविता की ओर इशारा किया। वह खिसककर सेठ के पास आ गई। गिलास उठाकर देते हुए बोली, "हुजूर, महफिलों में कोई चीज नापाक नहीं होती!"

रतनचन्द के चेहरे पर खाली हवाएं घूमने लगी थीं। उसने मेरी ओर देखा, तो मैंने कहा, "मैं कभी जबलपुर जाकर नहीं बताऊंगा। फिर तुम फिल्म बनाने जा रहे हो। इस दुनिया में आना है तो यहां की तरह रहना सीखो और एक बार यहां आ जाओगे तो बाहर जाना मुश्किल होगा!"

कविता ने गिलास उठाकर लगभग रतनचन्द के होंठों से लगा दिया था! अब उसे छोड़ना रतनचन्द के लिए संभव नहीं था। उसने गिलास लेते हुए कहा, "आप कह रही हैं, इसीलिए पिये लेता हूं।"

रतनचन्द के लिए शायद यह पहला ही मौका था। दो-चार घूंट पीकर ही वह बहकने लगा।

हल्दिया ने कागज खोलकर हिसाब बताना शुरू कर दिया। रतनचन्द ध्यान से सुनता रहा और फिर धीरे-धीरे डोलने लगा तो कविता ने सोडे की एक बोतल खोलकर रतनचन्द के गिलास को भर दिया! उसने समझा शायद विस्की और डाली गई है, तो वह कसमसाने लगा। कविता ने कहा, "घबराइए नहीं, आप अनाड़ी मालूम पड़ते हैं, इसलिए आपके ड्रिंक को मैंने 'डायलूट' कर दिया है! अब मजे से पीजिए आप बहकेंगे नहीं।"

रतनचन्द ने कविता की ओर देखकर पूछा, "आपका नाम? कुछ तो बताय था अभी···!"

"जी, छाया!"

"ओ ऽ ऽ ऽ ऽ! छायाजी हमारी फिल्म की हीरोइन होंगी न?"

"जी, मेरे सिवा और कौन हीरोइन हो सकती है? वैसे

गणेश ने बीच में कविता को रोकते हुए कहा, "हमारी हीरोइन वनीदाजी होंगी, जिन्हें आपने कल देखा था स्टूडियो में!"

"हां, वनीदा ही चाहिए," उसका हाथ हिलने लगा। कविता को शायद यह अच्छा नहीं लगा। उसकी भंवें तन गईं और वह सेठ रतनचन्द को छोड़कर हल्दिया की ओर देखने लगी। हल्दिया ने कुछ इशारा किया लेकिन कविता नहीं समझी। उसने पूछा, "तो आखिर मेरा रोल क्या होगा?"

मैंने आंख निकालकर कविता को डांटने की कोशिश की, लेकिन औरतों की बुद्धि! अभी सबीना वहां से गई थी! मुझे लगा सबीना और कविता में कोई खास अन्तर नहीं है। हल्दिया ने किसी तरह बात पलटी और कहा, "पहले कहानी के बारे में सोच लें, तुम्हारा रोल अपने-आप निकल आएगा!"

रतनचन्द ने मेरी ओर देखकर कहा, "कहानी के बारे में आपसे ज्यादा और कौन जान सकता है?"

गणेश ने हामी भरी और बोला, "दिलीप साहब आपकी एक कहानी पर फिल्म बनाने वाले हैं!"

इसका प्रभाव रतनचन्द पर पड़ा। परन्तु हल्दिया चाहता था कि सेठ के मन में कोई कांटा न रह जाए, सो उसी ने कहानी बतानी शुरू कर दी।

कहानी सुनाकर हल्दिया चुप हुआ तो सारे कमरे में हंसी का एक ठहाका लग गया। मुझे विश्वास नहीं था, हल्दिया बिना सोचे इतने सधे ढंग से कहानी सुना जाएगा। अब रतनचन्द के लिए बचने का कोई रास्ता नहीं था। कविता इस बीच उससे घुलमिलकर बातें करने लगी थी इसलिए रतनचन्द ने ही प्रश्न उठाया कि "छायाजी के लिए कौन-सा रोल होगा कहानी में?"

हल्दिया को कविता की यह हरकत पसन्द नहीं आई। वह बिना मेरी ओर देख उठकर खड़ा हो गया और बोला, "तुम्हारा रोल भी मैं करके बताता हूं।"

कविता को जाने उस समय कैसा लगा, या शायद वह हल्दिया की आदत को जानती थी, उसने हल्दिया को रोक दिया और कहा, "मैंने अपना रोल पढ़ लिया हैं!"

शाम उतरते-उतरते रतनचन्द हमारी मुट्ठी में था। उसने

एक कोरे कागज पर अपने दस्तखत करते हुए कहा, "जो आप लोग करें मुझे मंजूर है। मैं अगले सप्ताह रुपये लाकर बैंक में जमा कर दूंगा और तभी फिल्म का मुहूर्त भी कर लिया जाए। इसके पहले जो लिखा-पढ़ी करनी हो, यह कागज मैं छोड़े जा रहा हूं।"

उसी कागज पर मैने अपने दस्तखत किये। हल्दिया मेरी ओर से गवाह बना और कविता ने छाया के दस्तखत कर रतनचन्द सेठ की गवाही दी। हम सबने एक-दूसरे से हाथ मिलाए और ह्विस्की का आखिरी गिलास आपस में टकराते हुए एक ही घूंट में उसे खाली कर दिया। उठकर हम लोग कमरे से बाहर आए तो धूप मर चुकी थी। रतनचन्द सेठ के लिए टैक्सी आ गई थी। उसने उधर विदा ली और इधर कविता मेरे गले से लिपट गई। बोली, "मेरे भी दस्तखत करा लीजिए। कल आपका क्या भरोसा!"

हल्दिया ने हाथ पकड़कर उसे खींच लिया। बोला, "तेरे दस्तखत उनके दिल में है! अभी हम चलें!"

"तो मैं जाऊं?" एकदम रोमानी ढंग से कविता ने मेरी ओर देखा और मुगलिया दरबार की तरह तीन बार आदाब करते हुए वह हल्दिया के साथ चली गई।

एक सार्थक शाम के बीतने की खुशी में हम तीनों ने 'नटराज' में जाकर खूब खाना खाया और मरीन-ड्राइव के किनारे खड़े होकर समन्दर को वह रात समर्पित की!

तीन

दूसरे दिन रणजीत स्टूडियो के लिए रवाना हुए तो मन एकदम हल्का था। लगता था, बनाया हुआ सपना सच होकर रहेगा। जब से मैंने स्टूडियो में अपना दफ्तर खोला था, मेरी हालत अजीब थी! सुबह से शाम तक कोई-न-कोई मिलने आता ही रहता। कई लोग मेरे मित्रों की सिफारिश लेकर आते। आने वाली लड़कियों के साथ हमेशा कोई-न-कोई गंदा-सा आदमी होता! वह अपने को या तो उस लड़की का बाप कहता या चाचा! बाद में मुझे पता चला कि ये न बाप होते

और न चाचा!

उस दिन ऐसी ही एक बिहारी लड़की मेरे दफ्तर में आई! सांवली-सलोनी और खूबसूरत! बीस के आस-पास वय! छरहरी और निखरती हुई उभरी आंखें! उसके साथ एक दूसरा आदमी था—चालीस के आस-पास! उस आदमी ने मेरे एक मित्र का नाम बताकर अपने आने की सफाई दी। पांच मिनट वह बैठा और फिर उस लड़की ने उसे झिड़क दिया। ठेठ बिहारी में बोली, "तुमसे कितना कहा, हर जगह मेरे साथ मत घुस जाया करो!"

वह चुपचाप उठकर बाहर चला गया। उसके बाहर जाते ही मैंने पूछा, "कौन था वह?"

"पटने का है! साथ आया है, पर⋯!"

"आपका चाचा! नहीं है!"

"अभी तो वही सब कुछ हैं!"

मैं मुसकुराया तो उसने उसी तरह की लौटती हुई मुसकुराहट से जवाब दिया। मैंने पूछा, "आपका नाम?"

"शेफाली!"

उसके हाथ में छोटा-सा पोर्टफोलियो था। उसे खोलकर उसने कई तसवीरें निकालीं वे उसकी अपनी तसबीरों थीं और कई कोणों से ली गयी थीं। मेरी ओर बढ़ाते हुए उसने कहा, "इन्हें देखिए!"

मैं आश्वस्त होकर धीरे-धीरे उन तसवीरों को एक के बाद एक देखने लगा। मैं चित्र देख रहा था, उसी समय तिवारी कमरे में आया। उसका दफ्तर भी उसी कमरे में था और वह 'ताजमहल' को लेकर एक फिल्म बना रहा था। उसके साथ चार लोग और आए। तिवारी ने अपनी टेबल पर बैठते ही अपना थैला खोला और नोटों की एक बड़ी गड्डी निकालकर टेबल पर रख दी। उसमें पांच हजार के करीब रुपये रहे होंगे। इसी गड्डी में से बड़ी अदा के साथ उसने बीस-बीस रुपये उन चार लोगों को दिए और बाकी रुपये फिर थैले में रख दिए। तिवारी को रुपये बांटते मैंने कई बार देखा है और हर बार उसका यही तरीका रहा है। इससे स्वयं मैं प्रभावित हुआ हूं। एक रुपये का नोट भी निकालना हो तो पांच हजार की गड्डी

वह जरूर दिखाता था। इसी चमक-दमक के सामने बहुत से चित्त हो जाते थे।

अपना काम करने के बाद तिवारी ने मुझसे कहा, "आज तो आप खासे बिजी दिखते हैं?"

"इनके फोटो देख रहा हूं," मैंने कहा और फिर उन दोनों का मैंने परिचय भी करा दिया।

"सुना है, आपने कल फाइनेंसर पटा डाल?" ठेठ बम्बइया लहजे में तिवारी ने पूछा, तो मैंने कहा, "अभी क्या पता! हां, बात लगभग तय हो गई है!"

"सुना है, कोई बड़ी फिल्म बना रहे हैं आप?"

"बड़ी नहीं, पन्द्रह लाख के लगभग की!"

"यह बड़ी नहीं तो क्या है! अपनी फिल्म दो लाख की भी नहीं है!"

तिवारी का चेहरा अपने आप उतर गया। लेकिन अपने को संभालते हुए उसने पूछा, "तब तो कलर फिल्म होगी?"

"अभी तो टेक्नीकलर बनाने का इरादा है, फिर...!"

"कास्टिंग?

"अभी तय नहीं की!"

इसे सुनकर शेफाली ने वे चित्र मेरे हाथ से ले लिए और उन्हीं में से एक चित्र निकालकर उसने मेरे सामने रखते हुए कहा, "इसे देखिए!"

स्विमिंग-ड्रेस में वह उसका लगभग नंगा चित्र था! मैंने उसकी ओर देखा तो उसने अपनी काली आंखें आड़ी-तिरछी कीं और चित्र के दूसरे कोने को छूने के बहाने मेरी कलाई पर उसने अपनी हथेली रख दी। फिर उभरकर वह सामने झुकी और बोली, "इससे भी खुला पोज दे सकती हूं।" उसके चेहरे पर अब शरारत थी और अपनी हथेली वह मेरी कुहनी तक घुमा रही थी। लेकिन उसने पीठ इस तरह ऊपर उठा ली थी कि पीछे से तिवारी कुछ भी न देख सके। मैंने उसे खूब भरी आंखों से देखा। सीधी और साल-सी दिखने वाली इस बिहारी लड़की के चेहरे पर एक दूसरा ही अन्दाज था। कान में लटकते हुए उसके गोल कुंडल हवा में झूल-झूल कर जैसे मुझे घेर रहे थे। मैंने अपनी कलाई वहां से उठाकर उसके हाथों पर

रखी तो उसने सन्तोष की एक गहरी सांस ली और सीधे कुर्सी पर बैठ गई। अपने चित्रों को समेटते हुए उसने कहा, "मेहरोत्रा-जी, आपकी बड़ी तारीफ कर रहे थे। कह रहे थे, आप बड़े डायनमिक आदमी हैं। खूब सोर्स हैं आपके और बड़ी धाक भी है!"

"मुझे नहीं मालूम!" मैंने कहा।

तिवारी अपनी टेबल से उठकर खड़ा हो गया। मेरी ओर देखकर उसने एक आंख दबाई और जाते हुए बोला, "हां, बेबी, इनके बड़े सोर्स हैं! लेकिन ये कभी अपनी "कोई बात नहीं बताते। बड़े गहरे आदमी हैं!"

तिवारी चला गया तो दफ्तर में हम दोनों रह गए। नीचे से स्टूडियो की घंटी बजी लंच का समय था। मेरे दफ्तर के सामने ही मेकअप-रूम था! घंटी के बजते ही घुंघरुओं के स्वर आने लगे। शेफाली ने पूछा, "कोई और आ रहा है आपसे मिलने। मेरे लिए क्या हुकूम है?"

मैंने कहा, "मेरे पास कोई नहीं आ रहा। सामने मेकअप-रूम में लड़कियां जा रही हैं!"

"किस फिल्म की शूटिंग हो रही है?"

"मैंने इसका हिसाब कभी नहीं रखा!"

"कोई बात नहीं। फिर बताइए···" उसने अपनी एक कोहनी टेबल पर रखकर हथेली के सहारे अपने गाल टिका लिए थे। इस तरह बैठने से उसकी देह का सारा सन्तुलन एक ओर खिसक गया था और दूसरी ओर का उभार दोगुना होकर काटने लगा था।

मैंने कहा, "देखिए शेफाली जी···!"

"आप यूं न कहिए, देखिए न, मैं कितनी छोटी हूं। मुझे आप 'तुम' कहा करिए!"

"कोशिश करूंगा, वैसे मेरी आदत अपने नौकर से भी तुम कहने की नहीं है!"

"मुझे आप उस नौकर के आगे समझ लीजिए और 'तुम' कहा करिए!" शेफाली का नशा अब मेरी आंखों में था। मैं कविता के साथ शेफाली की तुलना करने लगा। मुझे लगा, कविता निहायत घटिया औरत है।

नीचे के स्टूडियो से दूसरी घंटी बजी तो फिर पायलों की मीठी आवाजें दूर से सरकती हुईं पास आईं और फिर पास से दूर चली गई। मिनी-स्कर्ट पहने आठ दस लड़कियां सीढ़ियों से नीचे उतर रही थीं। मिनी-स्कर्ट के साथ पैरों में पायलें! मैंने दोनों को एक साथ अचरज से देखा। उन्हें देखकर जब मेरी नजरें अपनी टेबल पर वापस आईं, तो दरवाजे पर दस्तक हुई। मैंने सामने देखा, प्रमिला थी।

वहीं खड़े होकर बोली, "हुजूर अन्दर आ सकती हूं।" शेफाली अपनी कुहनी हटाकर सीधे बैठ गई। मैंने कहा, "आइए, आइए! कई दिनों बाद दिखीं!"

"जी!" अन्दर आकर वह मेरे पास वाली कुर्सी पर बैठ गई, "एक बड़ा कान्ट्रेक्ट हो गया था, फिर टूट गया!"

"क्या मतलब?"

उसने जोर की जम्हाई ली और अपने हाथ सामने फटकारती हुई बोली, "साला ये फिल्म भी हवा के माफिक घूमता है?"

"फिल्म, हवा के माफिक?"

"अजी, ये फिल्म वालों को भगवान भी नहीं जानता! 'पांच देवियां' में दस दिन शूटिंग किया, एडीटिंग में सारा रोल साले ने निकाल दिया! हरामजादा, सूअर!"

शेफाली ने उसकी ओर देखकर पूछा, "आपने 'पांच देवियां' में काम किया है?"

उसने शेफाली की उपेक्षा करते हुए उत्तर दिया, "दस दिन, दिन-रात का शूटिंग...और!" उसने मेरी ओर मुंह बनाते हुए कहा, "वो साला सब गिया। सभी हरामी हैं!... नारवाला ने तीन रात खुशामद कराई...!"

शेफाली के लिए ये बातें शायद उतनी पुरानी नहीं थीं। बोली, "तीन रात खुशामद...?"

मैंने बात बनाते हुए कहा, "इसका मतलब है, लगातार तीन रात आउट-डोर शूटिंग से!"

"अच्छा! कहां शूटिंग हुआ?"

उत्तर मैंने ही दिया, "पूना के पास!"

प्रमिला बहुत उद्विग्न थी। लम्बी सांस लेकर बोली,

"गिया साला, जरा-सा भी अपना पार्ट नहीं। एक्स्ट्रा के माफिक भी नयीं।" उसने अपनी दोनों हथेलियां सिर के पीछे लगाकर सिर जोर से पीछे झुकाया और दो बार अग ड़ाई लेती हुई बोली, "हम बुद्धू का माफिक अपना बात करने लगा! कान्ग्रेचुलेशन देना तो भूल ही गया।" उसने अपना हाथ आगे बढ़ाकर मुझसे हाथ मिलाए और फिर मेरे हाथ को दबाते हुए बोली, "मुहूर्त कब हो रहा है?"

मैंने हाथ खींचते हुए कहा, "अभी तारीख तय नहीं की!"

"लेकिन काम हो गया! कल हम सोलंकी साहब से मिला था, कहता था हमको इयां-उहां मुंह नहीं मारने को चाहिए। आपका साथ रहे और आपका काम करे!...सोलंकी कहता था...बाकी बेकार; ठोस आदमी आप हैं...बात कम, काम ज्यादा!...साला बाकी तो खाली-पीली बात ही-बात करता!"

प्रमिला ने अपनी गरदन उठाकर सीधे मेरी ओर देखा और पूछा, "आपुन के लिए हीरोइन का रोल मंगता!"

"अभी तो कहानी भी तय नहीं हुई," मैंने छोटा-सा उत्तर दिया तो उसने कहा, "सोलंकी कहता था, तुमसे बड़ा कहानीकार हिन्दुस्तान में है ही नयीं!"

शेफाली ने मुझे फिर गौर से देखा। बोली, "हां, आपकी कहानियों के अनुवाद मैंने बंगला और उड़िया में पढ़े थे!" मेरा मन हुआ, मैं अपना सिर पीट लूं, लेकिन...!

गणेश ने आकर खबर दी कि हल्दियाजी ने पापा को तैयार कर लिया है। मुहूर्त उन्हीं के हाथों सम्पन्न होगा।

गणेश ने प्रमिला की ओर देखकर पूछा, "कैसी हो?"

वह बोली, "एकदम फर्स्ट क्लास!"

"सेकेंड क्लास तुम रहा ही कब है?" गणेश ने मजाक किया तो प्रमिला ने उठकर अपने हाथ मेरे गले में डाल दिए और मेरे एक कान के पास अपना मुंह ले जाकर बोली, "इस चुड़ैल को क्यों बैठाल रखा है?"

मैंने उसका हाथ छुड़ाकर अलग किया और कहा, "तुम बैठो वहां!"

गणेश की ओर देखते हुए मैंने कल के सारे एपाइन्टमेंट जानने चाहे। वह भी घुटा हुआ आदमी था। मैं तो असली

एपाइन्टमेंट जानना चाहता था, उसने चीफ मिनिस्टर से लेकर देवकुमार तक और हीरजी शापुरजी से लेकर वनीदा तक के दर्जनों एपाइन्टमेंट बता दिए। सुनकर मैं मुसकुरा दिया तो गणेश ने कहा, "चाय मंगाऊ?"

प्रमिला बोली, "अकेला चाय नयीं, बटाटा बड़ा भी। हां! अपनी किस्मत एक जगहे टूटी है तो साली इयां तो न टूटे! हरामजादे···जरा भी तमीज नयीं। दस रातों की शूटिंग! कोई बखत भी होता है। साला पहाड़ों में डेरा और घाटियों में घेरा! ना बाबा···!"

प्रमिला ने उठकर अपने दोनों कान पकड़े, "फिल्म वालों की ऐसी की तैसी! इससे तो भला घर बसाना और एक मर्द का लात खाकर भी रहना!"

प्रमिला ने आज जरूर गहरी चोट खाई थी! मैं उसे बहुत दिनों से जानता हूं। जब मैंने रणजीत में अपना दफ्तर खोला ही था, तो सोलंकी की चिट्ठी लेकेर सबसे पहले वही आई थी। सोलंकी पढ़ा-लिखा आदमी था—डबल एम० ए० और पी० एच० डी०। एक जमाने में लेक्चरार था। वहां से नौकरी छोड़कर मद्रास की एक फिल्म कम्पनी में जनरल मैनेजर हो गया। अब 'फिल्म स्टीयरिंग कमेटी' का सेक्रेटरी था। पैंतालीस के आसपास! देखने में बहुत अच्छा न होने पर भी सोलंकी मन का बहुत साफ आदमी और एक अच्छा दोस्त है। मुझसे पहली बार मिलकर उसने बड़ी खुशी जाहिर की थी। कहता था, "दोस्त, यहां पढ़े-लिखे आदमी आते ही कहां हैं। वो तो जिसकी किस्मत फूटी हो सो यहां आए, जैसे हमारी किस्मत है। लेकिन मित्र, एक बात है! लक्ष्मी को सबसे ज्यादा प्यार फिल्मों से ही है। रोज फिल्में देखती हैं वे। एक बार जिस पर मुरीद हो जाए, बरस पड़ती हैं। किस्मत असल में पलटा यहीं खाती है!"

सोलंकी, हर आदमी से, मेरी गैरहाजिरी में, मेरी तारीफें करता। इसीका परिणाम था कि महीने-भर के भीतर सब जगह हमारे चर्चे शुरू हो गए थे! अखबारों में फोटो छप गए थे और बड़े-बड़े प्रोड्यूसर भी बराबरी से बातें करने लगे थे। उसी सोलंकी का पत्र लेकर प्रमिला मुझसे पहली बार मिली

थी। दूसरे दिन शाम को सोलंकी उसे स्वयं लेकर मेरे दफ्तर में आया था। उसने कई बातें की थीं और अन्त में कहा था, "प्रमिला को तुम्हें सौंप रहा हूं!"

प्रमिला ने अपनी भवें चढ़ाई थीं और तिरछी आंखों से सोलंकी की ओर देखकर एक बहुत बड़ा अनकहा प्रश्न किया था। तब सोलंकी ने उसकी पीठ पर एक घूंसा मारते हुए कहा था, "तेरे को ऐसे हाथों में सौंप रहा हूं, जहां तेरी जिन्दगी बन जाएगी! बाकी तो सभी जगह चलता है!"

उसके बाद प्रमिला लगभग रोज मेरे दफ्तर में आने लगी थी। धीरे-धीरे उससे गाढ़ी निकटता हो गई और अब वह 'यार' और 'तुम' की भाषा में बातें करने लगी थी। रविवार के दिन 'आउट डोर फ्रीलांसिंग' के प्रोग्राम बनाकर आती थी। मुझे याद है, एक बार तुलसी लेक के किनारे खुली धूप में एक-दम सीधा लेटकर वह अपनी साड़ी का पल्लू हवा में उड़ाने लगी थी। फिर उसने अपने ब्लाउज के बटन खोलते हुए कहा था, "अपना जो फिल्म बनेगा न, उसमें इस माफिक का सीन होगा!"

उसने अपना ब्लाउज उतार दिया था और खाली ब्रेसरी पहने एक नये अंदाज में खड़े होकर उसने कहा था, "यार, एक फोटो तो ले डालो···साला, हिन्दी का सेंसर इसके आगे जाने ही नहीं देता, वरना···जनता देखता प्रमिला को और परदे पर पैसे नयीं, रुपए फेंकता!···इसी के बाद हीरो आता···!" उसने मुझे अपने पास बुलाकर लानतें भेजी थीं। कहा था, "यार, तुम एकदम पोंगा हो। कहां का फिल्मों में आ गया! जरूर रस्ता भूल गिया है। तो प्यारे, अपना रास्ता लो न!" मैं हैरान! उसने कहा, "इसी का बाद तो हीरो 'किस' करेगा, फिर अपना दोनों हाथों में हमें उठाएगा। लेक में फेंकेगा। फिर हम डूबने लगेगा, तो हीरो भी पानी में कूदेगा और हम तब उसका गला पकड़कर लिपट जाएगा!···साला, तुम देखना, इयां कोई 'कट' न करने पाए। इसी का बाद तो दर्शकों पर रौब पड़ेगा और वो हर फिल्म में अपना ड्रीम गर्ल, स्वीट गर्ल, डार्लिंग गलं, ब्ल्यू गर्ल—मिस प्रमिला को देखना चाहेगा। तब साला खूसट बुड्ढे से लेकर तुम्हारा माफिक लौंडा प्रोड्यूसर

तक अपने चक्कर काटेगा!"

प्रमिला ने एक चक्कर काटते हुए कहा था, "दोस्त, बस, ऐसा सीन का एक सिनेमा बना दो, प्रमिला जिन्दगी-भर तुम्हें फाइनेंस करेगी।"

इस तरह की छुट्टियां कई बीती हैं। प्रमिला ने कई तरह की ऐक्टिंग की हैं और···!

प्रमिला ने अपनी अंगुलियां मेरी आंखों के सामने घुमाते हुए कहा, "कहां चले गए, दोस्त?" अपनी सीट से उठकर कमरे में घूमने लगी। अठारह साल की यह छरहरी और चुल-बुली लड़की किसके सामने, क्या कह दे, पता नहीं। घूमते हुए ही उसने पूछा, "आपने क्या नाम बताया अपना?"

"शेफाली!" उसने लौटकर उसकी ओर देखा।

"अच्छा तो शेफालीजी, आप एक्स्ट्रा का काम करेंगी?" प्रमिला का कहना था कि शेफाली उठकर खड़ी हो गई। अपना पोर्टफोलियो सम्हालते हुए बोली, "देखूगी कौन एक्स्ट्रा का काम करता है!"

प्रमिला ने अंगूठा दिखाकर जीभ दिखाते हुए कहा था, 'ठेंगा से!'

शेफाली ने झुककर मुझसे पूछा, "क्या हुकुम है, मेरे लिए?"

"आपकी तस्वीरें बहुत अच्छी हैं! जरा फाइनल हो जाने दीजिए, फिर आपसे कान्टेक्ट करूंगा। आप अपना पता छोड़ दीजिए।" उसने अपना पल्लू सम्हालते हुए कहा, "पते की क्या है? मैं ही आती रहूंगी।" उसने बड़े संयत तरीके से 'नमस्ते' की और चली गई। मुझे तनिक भी ताज्जुब नहीं हुआ, दोनों ने जाते वक्त किसी से कोई बात नहीं की!

गणेश चाय लेकर आ गया था।

हमने चाय खतम की और स्टूडियो से बाहर आए। प्रमिला नुक्कड़ में बने 'जूनियर आर्टिस्ट एसोशिएशन' की ओर मुड़ते हुए बोली, "कल हम तीनों 'हाजी मलंग' चलेगा। वहां से लौटने के बाद साला फिल्म बनकर रहेगा।"

चार

दूसरे दिन सुबह से ही पानी पड़ना शुरू गया था। ऐसी हालत में घर से जाना मुश्किल था। तब हम तीनों—विनोद गणेश और मैं, सारे हथियार डाले आराम कर रहे थे। बैठे-बैठे हम अपनी फिल्म का प्लान बना रहे थे।

गणेश ने मेरी ओर देखकर शरारत से पूछा, "कविता के बारे में आपका क्या खयाल है?"

"अगर हम फिल्म बनाते हैं तो प्रारम्भिक योजना में उसका भी हाथ है! हम उसे कैसे छोड़ सकेंगे?"

"और प्रमिला!"

"वह तो शुरू से ही पीछे लगी हैं!"

"शेफाली?"

"शेफाली इन सब में खूबसूरत है। टेलेंट भी है उसमें। यदि हम किसी तरह उसे ठीक रोल में फिट कर सके तो एक स्टार बनाने का श्रेय हमें मिलेगा। शेफाली में 'ए' क्लास की स्टार बनने के सारे गुण हैं। उसकी आंखें . . . !"

"बस, बस?" गणेश ने रोककर कहा, "हम समझ गए। यही बात तो हम पूछना चाहते थे। आपको याद है न, रजनीकान्त देसाई ने गीता का नाम सुझाया था। वह 'भी' स्टूडियो का मालिक है। उसकी बात मान लेंगे तो कई सुविधाए मिलेंगी!"

"यह बात तो ठीक है!" मैंने कहा।

गणेश बोला, "हल्दिया की प्रेमिका को आप जानते हैं न?"

"नहीं तो? कौन है वह?" मेरे पूछने पर गणेश ने बताया कि एक जमाने की हीरोइन गुलाबो बेगम हल्दिया की अब भी बाकायदे प्रेमिका है। उसकी एक लड़की है कुमकुम! बला की खूबसूरत है! गणेश ने यह भी बताया कि उसी के कारण हल्दिया हममें इतनी दिलचस्पी लेता हैं! एक बार फिल्म बनाने की बात तय हुई कि उसने कुमकुम का नाम रखा। तब?"

"अच्छी हुई तो हम विचार करेंगे!" मुझे समझ में नहीं

आया कि इसमें परेशानी की क्या बात है। लेकिन गणेश का कहना सही था। उसने कहा, "आपको सभी पसन्द हैं! सभी एक-से-एक बढ़कर हैं। तो क्या हमें 'मीना बाजार' लगाना है! आखिर कहीं जाकर तो चुनाव करना होगा!"

हम तीनों इसी उलझन में थे। उसी समय एक टैक्सी दरवाजे के सामने आकर रुकी। ऐसी बारिश में कौन हो सकता है? खिड़की से मैंने झांककर देखा, लाल साड़ी पहने कोई औरत थी। टैक्सी को पैसे देकर वह मुड़ी तो मैंने दरवाजा खोल दिया, ओफ! वह प्रमिला थी!

"प्रमिला! इतनी बरसात में?"

अन्दर आते हुए उसने कहा, "पानी बरसता रहेगा तो क्या दुनिया के काम बन्द हो जाएंगे?"

प्रर्मिला टैक्सी से उतरकर दरवाजे तक आने में ही सिर से पैर तक भीग गई थी। वह नॉयलोन की साड़ी और ब्लाउज पहने थी, इसलिए भी वह पानी में एकदम डूबी-सी लग रही थी। मैंने कहा, "कपड़े उतार दो और सुखा दो। पंखे के नीचे फैला दोगी तो आधा घंटे में सूख जाएंगे।"

प्रमिला दूसरे कमरे में चली गई। वहां जाकर उसने मुझे आवाज दी। उस समय वह आधे कपड़ों में थी! उसके बालों की गीली लटें दोनों गालों पर उतरकर चिपक गई थीं। पानी से धुला हुआ उसका चेहरा और साफ हो गया था। उसे इस तरह खुले बदन देखकर मेरा मन आन्दोलित हो रहा था। वह बिना किसी हिचक के कुर्सी पर बैठ गई। उसने मेरा हाथ पकड़ अपनी ओर खींचा और सामने की कुर्सी पर मुझे भी बैठा लिया।

प्रमिला ने कहा, "भगवान ने तुम्हारा काम बना दिया। अब हमारा काम हो जाना चाहिए।"

"जरूर होगा" मैंने कहा। प्रमिला ने अपनी बात पर और जोर दिया। उसने कहा, "मुझे एक ब्रेक चाहिए। फिर देखना!" उसने अपनी कुर्सी मेरे और पास खींच ली और अपना हाथ मेरे कंधे पर रखते हुए बोली, "मैं आपको कैसी लगती हूं?"

यह प्रश्न सुनकर मैं एकाएक सकपका गया। "आप बहुत

खूबसूरत हैं! और इस समय तो···!"

"तो क्या अपनी फिल्म में आप मुझे मेन रोल नहीं देंगे? मैं हीरोइन बनना चाहती हूं। आपकी फिल्म की नायिका!"

मैंने अपनी कुर्सी थोड़े पीछे खींचते हुए कहा, "आपके कपड़े सूख गए होंगे। पहन लीजिए!" मैं उठकर खड़ा हो गया तो उसने मेरे हाथ पकड़ लिए। मुझे बैठाते हुए बोली, "आप ठहरिए, मैं उठकर कमरे के दरवाजे बन्द किए देती हूं।"

वह तेजी से उठी और उसने वाकई कमरे की चिटकनी। भीतर से लगा दी। मैं घबरा उठा। बाहर गणेश और विनोद हैं। क्या सोचेंगे वे! लेकिन प्रमिला ने कुछ भी सोचने का वक्त नहीं दिया। बोली, "आप फिकर में पड़ गए लगते हैं! इस समय भूल जाइए, आप प्रोड्यूसर हैं। मेरे दोस्त हैं, यही क्या काफी नहीं है! दोस्ती का मतलब बराबरी का लेन-देन होता हैं!" प्रमिला उस कमरे में आगे-पीछे घूमने लगी।

उसके हाथ अब मेरी गरदन में थे। उसने पूछा, "अच्छा, आप बताइए, सेक्स के बारे में आपके क्या ख्याल हैं!"

उसका हाथ हटाकर मैं उठ गया। उसकी ओर मैंने देखा, तो वह और पास आ गई। बोली, "आप लेखक हैं! साधाराण-सा प्रश्न है। चौंक क्यों उठे? सेक्स खाने की चीज है; आप स्वीकार करते हैं?"

मुझे कुछ सूझ नहीं रहा था। मैंने सिर हिलाकर हामी भर दी तो उसने मेरे गले में अपने हाथ डालते हुए जोर से कहा, "तो खाइए!"

बाहर पानी उसी तरह पड़ रहा था। एक ही स्वर में जैसे सारे तार खिंच रहे थे। पानी पड़ने से जो शोर हो रहा था, उससे अकेलेपन का एहसास होने लगा था और इसी एहसास के बीच मेरी नजरें फर्श के साथ चिपक गई थीं!

प्रमिला जब दरवाजा खोलकर दूसरे कमरे में गई तो वहीं से चिल्लाई, "देखो तो!" मैंने आकर देखा, दोनों कागज के ऊपर सिर रखे खर्राटे भर रहे थे। दोनों के हाथ में कलम थीं और दोनों के सिर नीचे झुके हुए थे। 'बेचारे!' मैंने अपने आपसे कहा! प्रमिला उन्हें देखकर खूब हंसी और हंसती रही।

यहां तक कि उसकी हंसी की आवाज सुनकर दोनों जाग गए। अपनी आंखें मलते हुए दोनों उठकर खड़े हो गए। दोनों शर्मिन्दा थे। उनके चेहरे इसकी गवाही दे रहे थे। उन्होंने हिसाब वाले कागज उठाए और मोड़कर जेब में रख लिए।

प्रमिला अपने कपड़े पहनकर बालों को समेट चुकी थी और अपनी बंधी हुई देह को हल्के-हल्के सारे कमरे में तैरा रही थी। उसने कहा, "बजट बन गया आप लोगों का?"

दोनों झेंप गए और मुंह धोने के लिए बाथरूम की ओर चले गए। मैंने उससे मजाक किया, "अब उन्हीं से पूछना, बजट में तुम्हारे लिए कितने रुपए हैं!"

प्रमिला ने उसी चंचलता से मेरे हाथ पकड़ लिए। उनसे लटकते हुए बोली, "हुजूर, ये तो अब आपको ही पूछना होगा! आपके लिए बजट में कुछ पैसे बचते भी हैं या नहीं!" वह खिलखिलाकर हंस पड़ी और वैसे ही हंसते हुए बोली, "कहिए, कैसी रही!"

प्रमिला की बात गहरी थी। फिल्म बनाने के पहले यदि शुरुआत ही यही है, तब तो इस प्रश्न का सही उत्तर भी यही हैं!

पांच

कारदार स्टूडियो में अनिल सरकार का दफ्तर था। अनिल से मेरी दोस्ती दो महीने पहले हुई थी। वह तीन चित्र बना चुका है और उसका बनाया एक रंगीन चित्र सिलवर जुबली मना रहा था। "फिल्म बनाने के बारे में उसके अपने खयाल हैं। वह कहता था, फिल्म, एक फारमूला है। ज्यॉमेटरी की तरह फारमूला भी काम देता है, इस पार या उस पार!"

अनिल अपने दफ्तर में बैठा हमें अपने भाषण का घोंटा पिला रहा था। वहां दो आदमी और थे, एक उसका एका-उण्टेन्ट और दूसरा 'शिष्य'! अनिल ने परिचय कराया था, "ये मेरे क्लास-फेलो रहे हैं। मैट्रिक में हम दोनों फेल हो गए तो दोनों एक साथ घर से भाग निकले! ये महीने-भर बाद घर लौट गया था! मैं आज तक घर नहीं लौटा! परिणाम ये कि

अपनी चौथी फिल्म का मुहूर्त करने जा रहे हैं और ये साहबजादे··· !"

अनिल कहते-कहते रुक गया, फिर बोला, "अपना दोस्त है, यार। सभी कुछ इसी का दिया है!"

हम तीनों हंस पड़े और उसी समय एक आदमी सीढ़ियां चढ़ते हुए भागता। ऊपर आया। बोला, "साहब, मुनीमजी आ गए?"

अनिल उठकर खड़ा हो गया। उसने वहीं से आवाज लगाई "पंडितजी··· !" तीन बार आवाज देने पर दूसरे कमरे से धोती-कुर्ता पहने एक पंडित हाजिर हुए। अनिल ने कहा, "मुनीमजी आ गए हैं!"

"जी हां!" कहकर पंडितजी फिर भीतर चले गए। नौकर को अनिल ने हिदायत दी कि मुनीमजी नीचे ही रहें। जब शंख की आवाज हो तो वे ऊपर आएं।

हम भीतर के कमरे में गए तो पूजन का पूरा प्रबन्ध हो चुका था। लक्ष्मीजी की फ्रेम की हुई मूर्ति के सामने स्वस्तिक का चिह्न आटे से बनाया गया था। एक कलश सुबह से जल रहा था। धूप और धूपकाड़ी, दोनों की सुगंध से सारा, कमरा भरा था। चांदी के थाल में पूजन का सामान लगा था और सोने के दीपक में घी में डूबी एक बाती जगमगा रही थी सारा वातावरण पवित्र और शान्त था।

पंडित ने आसपास रखे मिट्टी के और भी दीपक जला दिए। एक कुंडे में रखी अग्नि को प्रज्ज्वलित कर दिया और मंत्र पढ़कर पांच बार उसमें आहुति डाली गई। उसके बाद स्वयं अनिल ने जोर से शंख फूंका!

मुनीमजी ने कमरे में आकर थैला खोला और उसमें से लाल कपड़े का एक बंडल निकालकर पंडित के हाथ में थमा दिया। पंडित ने उसे अपने माथे से छुलाया और फिर एक पटे पर रख दिया। उसके बाद उसका विधिवत् पूजन हुआ। आचमन, स्नान से लेकर परसाद और आरती तक सारी विधियां मंत्रोच्चारण के साथ सम्पन्न की गई। फिर हवन हुआ।

उसके बाद पंडित ने वह लाल कपड़ा खोला। कपड़े की एक तह खुली। दूसरी तह थी हल्दी-रंगे पीले कपड़े की। पंडित

ने वह भी खोली। अनिल हाथ में फल और बेलपत्री लिए आंखें बन्द कर ध्यानावस्थित मुद्रा में पंडित की ओर देख रहा था। उस कपड़े के बाद तीसरा सफेद कपड़ा। और फिर हरे रंग की एक मोटी-सी फाइल। फाइल के ऊपर एक गुलाब का फूल दबा हुआ रखा था। थोड़े चावल और थोड़ी हल्दी। पंडित ने वह फाइल अपने माथे से छुलाकर अनिल की ओर बढ़ा दी। अनिल ने बड़ी श्रद्धा और भक्ति के साथ उसे तीन बार अपने माथे से लगाया। फिर वह फाइल लक्ष्मी की मूर्ति को चढ़ाई गई। उस पर फिर से रोली और चन्दन लगाया गया। फूल चढ़ाए। फिर दोनों हथेलियों में रखकर अनिल ने वह स्क्रिप्ट मेरी ओर बढ़ा दी। बोला, "लीजिए, देखिए!"

मैंने वह स्क्रिप्ट उतनी ही श्रद्धा के साथ ली, क्योंकि मुझे भय था, जरा भी अश्रद्धा हो गई तो दोस्ती के सारे धागे टूट सकते हैं। मैंने खोलकर पन्ने लौटाए। यहां-वहां देखा। एका-एक देखने से क्या पल्ले पड़ता है! लेकिन एक जगह नजर जाकर अपने आप रुक गई! मैंने पूछा, "टाइप होने के पहले किसी ने इसे रिवाइज नहीं किया?"

"रिवाइज!"—अनिल ने वह स्क्रिन्ट लगभग मेरे हाथ से छीनते हुए कहा, "यह 'हाजी मलंग' को चढ़कर लौटी हैं। उसमें क्या गलती हो सकती है!" अनिल ने मुनीम की ओर देखा। वह दोनों हाथ जोड़े खड़ा था। अनिल ने आवाज दी, "मुनीमजी!"

"जी···!"

"चादर तो चढ़ा दी थी न!"

"जी हां!"

"स्क्रिप्ट अच्छी तरह चढ़ा दी थी?"

"हां, साहब! आध घंटे तक वहीं रखी रही!"

अनिल के चेहरे पर खुशी की सुर्खी तैर गई।

"बहुत खुब! उठाने के बाद तुमने फकीर से पूछा था!"

"जी हुजूर"—मुनीम का चेहरा खुश था, तब भी दया की आकांक्षा ने उसपर दर्जनों परतें चढ़ा दी थीं!

"क्या कहा था उन्होंने?"

मुनीम ने अपना हाथ ऊपर उठाकर कहा, "ऊपर बाला

जाने!"

अनिल अपनी जगह पर ही उचक पड़ा, "बेहतरीन, इससे अच्छा नाम मिलना मुश्किल है, 'ऊपर वाला जाने!' वाह, वाह!" बहुत देर तक अनिल अपनी ही तारीफें करता रहा!

उसी शाम मुहूर्त सम्पन्न हुआ, कारदार स्टूडियों में। 'ऊपर वाला जाने'—फिल्म के निर्माता—निर्देशक अनिल मुखर्जी ने एक शॉट भी लिया। दो घंटे के भीतर सब जम गया था। फिल्म की हीरोइन को बुलाने के लिए विशेष गाड़ी भेजी गई और हीरो को बुलाने स्वयं अनिल गया! फिल्मी दुनिया के एक बुजुर्ग ने क्लेपर ब्वॉय का काम किया और मंत्रोच्चारण के साथ कैमरामेन ने पूरी स्क्रिप्ट के सबसे 'टेंडर' सीन को अपने भीतर जज़्ब कर लिया। हीरोइन ने अपने बालों को खुला छोड़कर डायलॉग कहा, 'लगता है इन्हीं बालों में तुम कहीं खो गए हो!'

हीरो ने उन बालों पर हाथ फेरते उत्तर दिया, 'यही तो वे बाल हैं जो द्वार तक ले जाएंगे!'

इसी बीच खलनायक ने अपना पार्ट दोहराया, 'खबरदार! बालों में जुएं-ही-जुएं हैं। कल जब मेरी गोद में लेटी थी तो जुएं उतरकर मेरी सारी देह में घूमने लगी थीं!'

जोर का ठहाका लगा और फिल्म का मुहूर्त पूरा। स्टू-डियो से अनिल मुझे आपने साथ 'ताजमहल' होटल ले गया। वहां मुहूर्त की खुशी में पार्टी थी। रास्ते-भर वह अपनी सफलता की कहानी सुनाता रहा। पहली फिल्म बनाने में उसका सारा खून-पसीना एक हो रहा था, लेकिन एक दिन मौका पाकर उसने रामूदा के पैर पकड़ लिए। रामूदा पहले तो क्रोध से लाल हुए, लेकिन उसने भी पैर नहीं छोड़े। तब उन्होंने उसे उठाकर आशीर्वाद दिया। वही उस फिल्म के हीरो बने और जब फिल्म रिलीज हुई तो चांदी बरसी। दूसरी फिल्म में उसने अलग नुस्खा अपनाया। इस बार अपना पैसा खर्च करना ठीक न समझकर 'लालजी-रामजी' को फाइनेंसर नियुक्त किया। 25 प्रतिशत ब्याज पर रकम उधार ली और 'जेम्स बांड' की एक कहानी को बदलकर ऐसी 'मिस्ट्री पिक्चर' बनाई कि हीरो का नाम और न हीरोइन का! हीरो पुराने अखाड़ेबाज

मियां कलंदर बने और हीरोइन तो शुरू से आखिर तक बुरका डाले रही। चित्र के अन्त में रहस्योद्‌घाटन हुआ और सबसे बड़ी अभिनेत्री को 'गेस्ट आर्टिस्ट' के रूप में वहां खड़ा कर, वह सिच्युएशन सम्हाल ली। इस फिल्म में सोना बरसा और तीसरी फिल्म तो रिकार्ड-तोड़ थी। कितने सिनेमाघरों के परदे फाड़े गए। लाठी चार्ज! अश्रु गैस!! पूरी फिल्म रंगीन और कश्मीर की खुली घाटी के दृश्य! अब तक कश्मीर को किसी ने फिल्म में इस्तेमाल नहीं किया था। गिरती हुई बर्फ! और गुलमर्ग की पहाड़ी पर लांग-शॉट से बेदिंग सूट पहने हीरोइन का चित्र! कैमरा जब मिड-शॉट पर आया तो हीरोइन का पैर फिसल गया। फिर वैसी अध-नंगी हीरोइन के लुढ़कने के एंगिल सबसे नीचे लेटे हुए हीरो के साथ उसकी टक्कर और फिर मिड-शॉट पर दोनों का एक-दूसरे को आलिंगन कर लेना! वहीं से आर्केस्ट्रा और गीत के बोल! गीत इतना पॉपुलर हुआ कि बच्चे-बच्चे की जबान पर वही। इस रिकार्ड-तोड़ फिल्म के बाद चौथी फिल्म में अनिल और भी कोई प्रयोग करने वाला है। मसलन समन्दर के भीतर मीना बाजार। हीरो-हीरोइन का 'किस' के लिए पास आकर अपने गालों को ही रगड़ना! एक नया 'डुयेट'! दो बाथरूम हैं। एक में हीरो है। एक में हीरोइन। दोनों कपड़े उतारते जाते हैं और गीत गा रहे हैं। कपड़े उतार कर हीरोइन 'टब' में है और हीरो उस बाथरूम की छत से उसे ताक रहा है!

अनिल पूरी तरह फिल्मी लटके जानता है और इस फिल्म में उसके ऊपर हीरे बरसेंगे, इसमें उसे रत्ती भर संदेह नहीं है! उसकी यह कहानी सुनकर मेरा मन अपने आप पीछे हटने लगा—'क्या मैं ऐसी फिल्म बना सकता हूं?'

छः

अपने दफ्तर में आकर में बैठा तो मेरा मन भारी था।

मैं दफ्तर में अकेला बैठा सिगरेट पी रहा था। तभी तिवारी आया और आते ही उसे सात-आठ आदमियों ने घेर लिया। वह उनका हिसाब करने लगा। इसी बीच गणेश और

विनोद भी आ गए! विनोद ने आकर खबर दी कि शेफाली आ रही है—नीचे खड़ी किसी से वह बातें कर रही है।

पांच मिनट के भीतर शेफाली दफ्तर में आ गई। सुनहले गोटे की कीमती साड़ी और पैरों में हल्की आवाजें करती पायजेबें। आज वह एकदम अकेली थी। आकर वह मेरे सामने वाली कुर्सी पर बैठ गई। उसके आते ही हिना की सुगंध से सारा कमरा सुवासित हो उठा। उसका चेहरा निखरा हुआ और साफ था! मेरी टेबल पर हाथ रखते हुए बोली—"कहिए कहां तक आया मामला?"

शेफाली का यह पूछना मुझे रुचिकर नहीं लगा। बिजनेस इस तरह खुला नहीं रखा जाता। मैंने दूसरी सिगरेट जलाते हुए कहा, "ठीक चल रहा है, सब कुछ।"

"आपने फिल्म का नाम सोचा?"

—"नहीं! मैं जब कहानी लिखता हूं, तब भी नाम पूरा लिखने के बाद ही सोचता हूं। हो सकता है फिल्म का नाम पूरी फिल्म बनने के बाद रखा जाए!"

तिवारी अपनी टेबल पर सिर झुकाए बैठा लोगों से बातें कर रहा था। उसके पास जितने अदमी थे, उनमें एक लड़कौंधा उमर का वहीं से बोला, "आप कौन-सी फिल्म बना रहे हैं?"

तिवारी ने जवाब दिया, "एक बड़ी फिल्म बनाने की इनकी योजना है।"

"अच्छा, कुछ दिन पहले मैंने भी एक योजना बनाई थी। यह देखिए!" उसने अपनी जेब से एक कागज निकाला और मेरे पास आकर खड़ा हो गया। तिवारी भी उठकर मेरी सीट के पास आ गया था। मैंने उस कागज पर सरसरी नजर दौड़ाई, लेकिन पल्ले कुछ न पड़ा। तब उस लड़के ने समझाया "देखिए, दो-तीन लाख में बढ़िया 'ए' क्लास कलर-फिल्म बनती है।"

"दो-तीन लाख में।" मुझे अचरज हुआ, इसलिए मैंने थोड़ी दिलचस्पी ली।

"जी हां।" उसने कहा, "देखिए तीनों टॉप के हीरो मेरे दोस्त हैं।···दो बड़ी हीरोइनें मेरी मुट्ठी में हैं। कहिए तो उन्हें

यहीं बुला दूं। ये फिलहाल मुफ्त में काम करेगे!" उसने फिल्मी दुनिया के शीर्ष-हीरो और हीरोइन के नाम इस तरह गिना दिए, जैसे उन्हें रट रखा है। इसके बाद संगीतकार की बात आई। वहां भी नामवर और लोकप्रिय नाम! "गीतों की छोड़िए" उसने कहा, "वह तो मैं भी लिख सकता हूं, लेकिन नहीं हमराज और शैलेन्द्र दोनों अपने यार हैं। राजा महाजन अली खां अपने लड़के की तरह मुझे चाहते हैं। रमन व्यास पर मैंने एक लेख ही लिखा था!"

उसने वह कागज मेरी टेबल से उठा लिया और सारा बजट पढ़ना शुरू कर दिया। बजट काफी डिटेल में था, यानी खाने-पीने और पान का खर्च तक लिखा था।

उस वजट को देखकर एक बार तो मैं भी हिल गया! मुझे लगा, यह लड़का बहुत रिसोर्सफुल है! मैंने उसकी ओर देखा। दुबला-पतला हीरो-कट बाल और सूखा चेहरा! यह इतने बड़े-बड़े लोगों को जानता है। फिल्मी दुनिया के 'टॉपर' देवता से कम नहीं है।

तिवारी उसकी बातें सुनते-सुनते शायद थक गया था। उसने वह बजट छीनकर फेंक दिया और बोला, "तो हुजूर इसलिए आप पांच सालों से ठोकरें क्यों खा रहे हैं?" लड़का लड़ने को तैयार हो गया। मैंने बीच-बचाव किया तो उसने मुझसे कहा, "आप नेक आदमी मालूम होते है। पांच रुपये उधार दीजिएगा। कल लौटा दूंगा।"

मैं नहीं चाहता था, ये हजरत यहां और ठहरें। मैंने उन्हें तीन रुपये देते हुए कहा, "ये लीजिए और वापस करने की जरूरत नहीं है!"

"आदाब-अर्ज," तेजी के साथ बोलकर वह बाहर चला गया। तिवारी अब भी उसे देख रहा था। वह आंखों से ओझल हो गया तो तिवारी ने मेरी ओर मुंह किया।

तिवारी भाव-विभोर होकर अपनी कहानी सुना गया। दस साल तक चक्कर काटने के बाद अब वह यहां बैठा है। लेकिन यहां बैठकर भी डगमगा रहा है! कब कुर्सी खिसक जाए और जेब कट जाए, पता नहीं।

शेफाली भाव-विभोर हमारे डायलॉग सुन रही थी।

तिवारी के और आदमी जा चुके थे। गणेश और विनोद खड़े सारी बात सुन रहे थे। शेफाली ने कहा, "चाय नहीं पिलाइएगा?"

विनोद चाय लेने चला गया। शेफाली ने कहा, "तिवारी साहब बड़े अनुभवी लगते हैं। मेरा अपना मामला है। छः महीनों से चक्कर काट रही हूं। कितने प्रोड्यूसरों से मिली··· !

तिवारी ने रोककर अजीब लहजे में कहा, "मैं पूछ सकता हूं, वे कौन हैं, जो आपको लेकर आते हैं?"

"मेरे अंकल हैं!"

तिवारी उठकर शेफाली के पास आ गया। टेबल पर झुक कर बोला, मैंने कई लड़कियां देखी हैं शेफाली और उनके अंकलों को भी देखा है!"

शेफाली ने बिगड़ कर कहा, "आप क्या कहना चाहते हैं?"

"ये आपके अंकल नहीं हैं। आप फिल्मों के चक्कर में पड़ने से भागकर आई हैं और या तो ये आदमी आपको भगाकर लाया है, अथवा यहीं मिल गया है!" तिवारी ने मजबूत ढंग से अपनी बात रखी और बोला, "मैं आपको जानता हूं।"

"तो फिर आप क्यों पूछते हैं?" शेफाली नरम पड़ गई।

तिवारी ने कहा, 'शेफाली, एक दिन यह आदमी आपको किसी के हाथों बेच जाएगा। यह एक मकड़ा है। शेफाली की आंखें भर आईं।

मैं हैरान! एक बार मैं तिवारी की ओर देखता, दूसरी बार शेफाली की ओर। शेफाली—तराशी हुई दमकती सुन्दर काया! बड़ी-बड़ी उभरती काली आंखें! मैंने शेफाली को समझाया। मैं समझा ही रहा था कि चाय आ गई। चाय का कप उसकी ओर बढ़ाते हुए मैंने कहा, "आप क्यों दुखी होती हैं, आपमें कमी किस बात की है! इतनी खूबसूरत हैं! इतनी मीठी आपकी आवाज है। कैमरे के सामने आपकी शकल और भी निखर उठती है। यही सब तो फिल्म वालों को चाहिए।"

मेरे समझाने का असर यह हुआ कि वह चुप हो गई। आंसू पोंछकर वह चाय पीने लगी। चाय पीते हुए शेफाली जोर से हंस पड़ी, "आप मजेदार आदमी हैं, तिवारी साहब!" शेफाली ने टेबल पर अपना हाथ मारा और मुझसे बोली, देखिए

आप अपने मन में किसी तरह की हिचक मत रखिए। आप बिजनेस करने बैठे हैं और मैं भी बिजनेस करने आई हूं। बिजनेस में हर बात साफ रहे तो गलतफहमियां नहीं होतीं। मेरी ओर से एक खुला ऑफर है··· !"

शेफाली की बातें उस कमरे में बैठे सभी लोग ध्यान से सुन रहे थे। मैं भी सतर्क होकर सुनने लगा कि वह आगे कहने क्या जा रही है। बिना झिझक के उसने कहा, आप कान्ट्रेक्ट में मुझसे दस्तखत कराइए और जहां मरजी हो ले चलिए!"

सब चुप! कहीं कोई आवाज नहीं। शेफाली ने मेरी ओर देखा और मेरी आंखें उसकी आंखों में डूब गईं। उसके आंखों का रंग लाल, नीला और बैंगनी होता गया। उसके होंठ अपने आप फड़फड़ाने लगे। उसने कहा, "साहब, इसमें शर्म की बात नहीं है। सारे काम कोआपरेशन से होते हैं। आप हमें मौका दीजिए, हम आपको मौका देंगे।"

तिवारी ने अपनी अंगुली से मेरी ओर इशारा कर मुझे अपने पास बुलाया। मैं उठकर उसके पास गया तो उसने मेरे कानों में एक बड़ा गुरुमन्त्र कह दिया, "मौका मत चूकिए। कान्ट्रेक्ट करने में क्या लगता है? बस, इक्यावन रुपये। उसमें लिखा होता है—'प्रपोज्ड फिल्म!' आप इन्हें न भी लें या लेकर बाद में इनका रोल काट दें तो ये क्या कर लेंगी? लड़की वैसे सैकड़ों में एक है। ऑफर उसीकी ओर से आया है। अभी कान्ट्रेक्ट कीजिए, अभी इन्हें खंडाला ले जाइए! इस दुनिया में यही स्वर्ग है!"

मैं लौटकर अपने कुर्सी पर आ गया और आंखें बन्दकर मैंने अपना सिर दीवार से टिका लिया। शेफाली ने पूछा, "इन्हें क्या हो गया, तिवारीजी?"

"आपकी बात सुनकर चक्कर आ गया।"

शेफाली ने उठकर अपनी नरम हथेलियां मेरे कपाल पर फेरना शुरू कर दिया, "इतनी-सी बात पर चक्कर तो नहीं आना चाहिए! मैंने कुछ गैरवाजिब कहा, तिवारीजी?"

"नहीं, बिलकुल नहीं," तिवारी ने कहा, "लगता है, इनकी तबीयत ठीक नहीं हैं!"

"जी, हां! आप इन्हें खंडाला ले जाइए, तबीयत ठीक हो

जाएगी। आपका कान्ट्रेक्ट हो जाएगा, इसकी जिम्मेदारी मेरी।" तिवारी ने गम्भीर होकर कहा, तो मैंने आंखें खोलीं। शेफाली ने मुसकुराकर मुझे देखा और अपनी हथेली उठाते हुए सिर हिलाकर संकेत किया! सामने बैठकर उसकी आंखों ने मुझे सीधा पकड़ लिया। वह जोर से हंसी और हंसती रही। मैं अब भी उतना ही गम्भीर था। इसमें हंसी की क्या बात है, मेरी समझ में नहीं आ रही थी! उसने गणेश की ओर देखकर कहा, "पता लगाइए पूना की ओर जाने के लिए गाड़ी कितने बजे मिलेगी!" उसने अपनी बात पर जोर देकर कहा, "जाइए न, स्टेशन तो दूर नहीं है!" गणेश के पहले तिवारी अपनी कुर्सी से उठा और तिरछी नजरों से मेरी ओर देखकर मुसकुराया। फिर कुछ गुनगुनाने लगा। गुनगुनाते हुए वह कमरे के बाहर चला गया। इस बार जोर-जोर से पैर पटककर सीढ़ियां उतरने की उसकी आवाज कमरे तक अती रही।

सात

शाम खाली थी और ऐसे में मुझे एकाएक गनपत की याद आई! कितने दिनों से उसका कोई पता नहीं है! मुझे याद आया, मैंने सबीना को एक चिट्ठी दी थी। उसका क्या हुआ! यह प्रश्न मेरे मन में उठा और मैं चर्च गेट की ओर निकल पड़ा। मरीन-ड्राइव के पास पारसी डेरी-फार्म के सामने अक्सर गनपत धूमा करता है। शायद वह वहीं हो।

शाम हो चुकी थी! समन्दर ऊची उछाल भर रहा था और उसकी आवाज मेरे मन के भीतर तूफान की तरह घूम रही थी। मैं आगे बढ़ा जा रहा था कि 'साहबसिंग' के सामने किसी ने मुझे आवाज दी। मैंने लौटकर देखा—गनपत था! सूट पहने और टाई लगाए। किसी सस्ते सेंट की खुशबू से सराबोर। पान खाकर, गाल फुलाये और सिगरेट पीते हुए। मुझे देखते ही उसने कहा, "हलो, सर, इत्ता दिन कहां रहा?" मेरे जवाब की प्रतीक्षा किए बिना उसने जेब से 'गोल्ड फ्लैक' का पैकेट निकालकर मेरी ओर बढ़ा दिया। बोला, "लीजिए!"

पान चबाते हुए गनपत के चेहरे पर जैसे पीक का हल्का-

सा रंग उतर आया था। मैंने पूछा, "आज तुम्हें क्या हुआ गनपत?"

"अपने किस्मत के दरवाजे पर एक थैली गिरी सरकार··· उसमें हजार रुपये के नोट थे।"

मैंने कहा, "चलो नरीमन-पाइंट के नीचे समन्दर के किनारे बैठेंगे। तुम्हारी बातें वहीं सुनेंगे!"

हम दोनों नरीमन-पाइंट तक गए और नीचे उतरकर उछाल भरते समन्दर के किनारे जा बैठे। रास्ते-भर गनपत इतने दिनों की अपनी डायरी जैसे पढ़कर सुनाता रहा। वहां बैठते ही मैंने पूछा, "अब बताओ, क्या हुआ आज?"

"वह लड़की थी न, सा'ब···!" गनपत रुक गया तो मुझे गुस्सा आया, "कौन लड़की?" मैंने जोर देकर पूछा।

गनपत ने कहा, वो सबीना,···साहब···!"

मैंने पूछा, "क्या हुआ उसका? वह हीरो मिल गया था!"

"आपका खत था, तब कैसे न मिलता!" गनपत ने कहा, तो मुझे चैन मिला, उस हीरो ने मुझे पहचाना तो। इंकार कर देता तो सबीना क्या सोचती? मैंने पूछा, "वह बनारस लौट गई?"

"कैसी बात करता है सा'ब। बम्बई आकर कोई वापस जाता है? समन्दर में गिरा पानी दरिया में नयीं लौटता न, तब तुम बताओ, भला सबीना जैसे लड़की कैसा लौटेगा?"

"तो क्या हुआ उसका?"

"उसीसे तो हजार रुपया मिला, सा'ब,' गनपत ने मेरे पैरों पर हाथ रखकर कहा, "वो हीरो साहब से मिलने गया था। हीरो साहब मजे से मिला। दूसरा दिन उसने 'फेमस' में बुलाया। वो लड़की तो वैसे ही उस पर फिदा। हमसे कहता था—"भगवान है साक्षात्!' वह 'फेमस' गिया तो खूब बातें किया हीरो साहब ने। फिर अपनी गाड़ी पर उसे खंडाला ले गिया। पूरे चार दिन उसे वहीं रखा। पांचवें दिन सबीना लौटा तो बेहाल···!"

मैंने दांत पीसे और हाथ उठाया, तो गनपन ने मेरा हाथ नीचे कर दिया। बोला, 'यूं गुस्सा नयीं होता सा'ब, ये दुनिया

ही ऐसा है!···तो सा'ब, वो जब लौटकर आया तो दो दिन और रात रोता रहा! हम पूछा, "क्यूं रोता है, बाईजी?"

सबीना बोला, 'भगवान हमें यूं धोखा देगा, मालूम नहीं था!' फिर सबीना ने सब कुच बता डाला। हीरो साहब ने अच्छी तरह दर्शन दियेला और वो मामला कियेला कि सबीना का मिजाज धरती पर उतरेला!···लौटकर बोला, 'इससे तो बेहतर कि हम आयशा के कोठे में ही रहे। उहां धोखा तो नहीं है।' हमने कहा, 'तुम तो बनारस वापस जाने को बोला था!'

तब बोला था, 'गनपत, अब नयीं! बनारस जाकर हम किसको, क्या मुंह दिखाएगा? भाग कर आया था, यूं भागकर तो नयीं जा सकता!' वह रोने लगा और बोला, 'बनारस, बम्बई नयीं हो सकता, गनपत? हम अब यहीं जिंदगी काटेगा?'

"तो सबीना बनारस नहीं गई!" मैंने गुस्से में दोहराया तो गनपत ने कहा, "अब वो वहां भी नयीं है! आयशा ने उसे नथ पहनाया और चांदी के गोटों वाली बनारसी साड़ी पहनायी! फिर उसके लिए 'सेंट्रल' में एक अलग कमरा लिया। उहां सबीना एक रानी का माफिक बैठाला गिया। और फिलिम वाला, वो हैं न साला, सा'ब···क्या नाम है···पारसी का बच्चा···हीराजी का लौंडा! पांच हजार रुपये में नथ खोला, तो हजार अपना!···अब सा'ब उसका रेट भी पचास हो गिया हैं!···वो भी खुलकर बातें करता है, मन खुश कर देता है··· तो सा'ब, चलता भी है!"

मैं एकदम उठकर खड़ा हो गया। मैंने जोर से कहा, "गनपत, चलो यहां से!"

गनपत ऊपर आया तो बिजली के उजाले में मैंने देखा, उसका चेहरा एकदम फक्क सफेद था! वह बार-बार थूक लील रहा था। मैंने नफरत से कहा, "तो इस तरह तुम्हें एक हजार रुपये मिले!"

मुझे अचम्भा हुआ, गनपत मुझे छोड़कर आगे बढ़ गया और एक टैक्सी रोककर चौपाटी की ओर चला गया! मैंने दांत पीसे। अपने बालों को खींच-खींचकर अपना गुस्सा उतारता रहा। अपने को लानतें भेजीं और सीधे लोकल में बैठ गया।

आठ

उस रात जोर का पानी बरस रहा था। लेकिन अंधेरा सारी धारों को पीता जा रहा था। शेष थी केवल आवाजें।

गणेश और विनोद खर्राटे भर रहे थे और मैं अपने साथ जूझ रहा था। दो महीने बीत गए! रतनचन्द नहीं आया! हर पन्द्रह दिन में उसका पत्र आता है और अगले पन्द्रह दिनों के लिए सांसों को ऊपर चढ़ा जाता है।

मैंने अपने आपसे कहा, "रतनचन्द अकेला सेठ नहीं है!" फिर मेरे सामने कविता, प्रमिला और शेफाली के चेहरे घूम गए! "तीनों एक-से-एक बढ़कर हैं। कोई बड़ा फाइनेंसर नहीं भी मिला तो थोड़ी-बहुत पूंजी से मैं इन तीनों पर एक 'प्रयोगवादी' फिल्म बनाऊंगा!"

मैंने एक इरादा मजबूत कर लिया और फिर पिछले वायदों पर सोचने लगा। संगीत-निर्देशक बब्बन से कल भेंट हुई थी। कह रहा था, वह तभी संगीत देगा, जब उसके गीत हरगोविंद लिखेंगे। दोपहर वनीदा से मिला तो एक नये लड़के के साथ काम करने को वह तैयार नहीं हुई। जमे हुए पुराने हीरो देवेन से मिला तो उसने वनीदा के साथ काम करने से साफ इंकार कर दिया। कहने लगा कि उसने, उसके साथ काम न करने की कसम खाई है।

आगे के बारे में मैंने जब सोचा तो और उलझन! गायक, गायिका है, निर्देशक हैं और फिर डिस्ट्रीब्यूटर! कौन, किसे चाहता है, कौन, किसे काटता है! इन्हें ज्वाइन करने वाला प्रोड्यूसर बेचारा दो पाटों के बीच पिसता है! क्या मेरी यही गति होगी!

"नहीं! अच्छा है मैं कहानी लिखने का ऑफर स्वीकार कर लूं। देवेन से बातें हुई थीं। वह मेरे एक उपन्यास पर फिल्म बनाना चाहता है! क्यों न उससे ही बात करूं?" एक बड़ी रोशनी मेरे मन के भीतर तैर गई! बाहर का अंधियारा छंट गया और पानी की सीधी धारें धागों की तरह उतरती हुई दिखाई देने लगीं। रात काफी बीत चुकी थी। न जाने कब मैं उसकी बांहों में बेखबर हो गया!

सुबह हरीश चौधरी से बातें हुईं।

बहुत दिन से वह कहते आए हैं कि मैं अपनी कोई कहानी उन्हें दूं। मेरा एक उपन्यास उन्हें पसन्द भी आया है और उस पर वे चर्चा करना चाहते रहे हैं।

शाम को पाली हिल में हरीश के घर देवेन से मेरी भेंट हुई। सबसे ऊपर की खुली छत पर एक-दूसरे की सेहत के लिए हमने जाम ढाले और फिर चर्चा चली। देवेन ने बताया कि हैदराबाद के पास एक बड़ा जंगल उन्होंने खरीदा है। यहीं 'वोटुल' बनाए जा सकते हैं। कहानी के आरम्भ की चर्चा हुई तो हरीश ने कहा कि बिना रेल के काम नहीं चलेगा। वह बोले, "रेल का आना, उसका धुआं, सिगनल, सब एक 'इम्पेक्ट' पैदा करेंगे!"

मैंने कहा, "लेकिन वहां रेल चलती ही नहीं। वहां से रेलवे स्टेशन 180 मील दूर है!"

"वहां भले न चले, हम तो चलाएंगे ही।" हरीश के स्वर में दृढ़ता थी। बिना मेरी राय जाने वे आगे बढ़े तो एक जगह रुक गए। बोले कहानी में तो हीरो बहुत देर तक गायब रहता है। बहुत देर के बाद वह फिर आता है। ऐसा कैसे होगा? लोग फिल्म देखने थोड़े जाते हैं, वे देवेन साहब को देखना चाहते हैं। इसलिए हर सीन इस तरह 'कनसीव' करना होगा कि हीरो कहीं दर्शकों की निगाह से दूर न हो पाए।" इसके बाद हरीश साहब ने एक कहानी सुना डाली, 'घने जंगल में एक स्टेशन है। एक बूढ़ा स्टेशन मास्टर हाथ में बत्ती लिए खड़ा है। सिंगनल गिरता है। बत्ती हरी हो जाती है। मेल-गाड़ी का समय है। गाड़ी यहां नहीं रुकेगी। इसलिए स्टेशन मास्टर हरी बत्ती दिखाता है। बत्ती दिखाते-दिखाते वह जोर से खांसता है। सर्दी की रात है। गाड़ी की सीटी बजती है। वह और सावधान हो जाता है। सीटी पास आती सुनाई देती है। उसी समय पीछे से कोई आकर स्टेशन मास्टर को पकड़कर दूर खींच ले जाता है। तीसरा सिंगनल रूम में जाकर सिंगनल खींच कर बत्ती को लाल कर देता है और तभी गाड़ी आती है, परन्तु सिंगनल न गिरा होने से गाड़ी वहीं खड़ी हो जाती हैं। इंजन लगातार सीटियां बजाता है। तब तक भगदड़ होती है। गोलियों

की आवाजें होती हैं! गाड़ी लूट ली जाती है!

'एक नौजवान स्टेशन पर आता है, तो टिकट वर के पास स्टेशन मास्टर को बंधा हुआ पाता है। दोनों हाथ टिकटघर के खम्भे में बंधे हैं। वह तेजी से भीतर आता है। उसे खोलता है! स्टेशन मास्टर की सांस टूटती हुई चढ़ती-उतरती है। वह वहीं नीचे गिरकर बेहोश-सा हो जाता है। वैसी ही हालत में वह फोन के पास तक जाता है और खबर देता है, 'डाका पड़ गया! गाड़ी लूटी जा रही है!'

'स्टेशन मास्टर की एक लड़की है। कोई सत्रह-अठारह की। अभी क्वांरी है और घर में अकेली। आवाज़ें सुनकर वह भागी हुई स्टेशन आती है। यहां एक ओर अपने पिता को बेहोश देखती है, तो दूसरी ओर एक सुन्दर युवक को खड़ा पाकर घूरने लगती है। वह उस पर मोहित हो जाती है! पूछती है, 'तुमने मेरे पिता का खून···!'

'युवक मुसकुराकर हामी भरता है, तो वह फौरन चिल्लाती हैं, 'खून, खून!' युवक उसका मुंह बंद करता है और दूसरे कमरे में ले जाकर उसे सब समझाता है।'

हरीश यहां तक पहुंचे तो देवेन ने कहा, "कहानी में तो खासा सस्पेंस है।"

हरीश मुसकुराये, "जी, मैंने बहुत पहले लिखी थी!"

"आगे सुनाइए" देवेन ने कहा, तो हरीश बोले, "नही मैं कह रहा था कि यदि इनकी कहानी का यह आरम्भ हो तो···!"

"तो वह मेरी नहीं आपकी कहानी होगी," मैंने घूरकर हरीश को देखा।

हरीश ने मेरी ओर मुसकुराकर देखा।

"आप अपनी सही राय दीजिए," देवेन ने आग्रह-भरे स्वर में कहा, "हम कहानी के बारे में असलियत जानना चाहते हैं!" मैं बहुत देर तक टालता रहा, फिर मुझे लगा कि देवेन वाकई असली बात जानने के इच्छुक हैं। मैंने कहा, "पिक्चर में आंच-लिक भाषा और वातावरण का उपयोग करके आपने जान ला दी है! परन्तु माफ कीजिए, कहानी उखड़ी हुई है। यदि कहानी पर आप लोग ठीक ध्यान देते, तो यह चित्र 'मील का पत्थर' होता!"

हरीश ने गुस्से से आंखें चढ़ाते हुए पूछा, "तो आपको कहानी पसन्द नहीं आई?"

मैंने कहा, "मैंने जो ठीक समझा वही कहा है!" उसी समय देवेन साहब उठकर नीचे आ गए। उनके पीछे हरीश भी आए। हरीश पांच मिनट में वापस आ गए और दूसरी ओर मुंह करके बैठ गए! मैं एकाएक नहीं समझ सका कि इस रुसवाई का क्या अर्थ है? उनका इस तरह व्यवहार करना भी मुझे अनुचित लगा।

थोड़ी देर बाद देवेन आए और हाथ मिलाकर चले गए। चलते समय बोले, "अच्छा साहब फिर मिलेंगे!" उन्हें पहुंचाकर जब हरीश लौटे तो बेहद निराश थे। बोले, "आपने देवेन साहब को नाराज कर दिया!"

नाराज होने की क्या बात है, हरीश साहब?" मैंने पूछो।

वे बोले, "साहब, आप कहानी की तारीफ कर देते तो ... ?"

"लेकिन वे तो असली बात जानना चाहते थे!"

हरीश ने सिर हिलाया और खड़े हो गए, "आपने सब किए-कराये पर पानी फेर दिया!" हरीश जिस तरह ठंडे होकर बातें करने लगे, उससे मुझे गुस्सा आ गया! क्या देवेन को भी इस तरह भाग जाना चाहिए! मैं हरीश साहब से हाथ मिलाकर बाहर आ गया। रात का एक बजा था और उन्होंने यह भी नहीं पूछा कि इतनी रात को आप घाटकोपर तक कैसे जाएंगे?

मैं जब नीचे उतरकर तारकोल की सूनी और सपाट सड़क पर आया तो मेरा खून नसों को तोड़कर बाहर आना चाहता था। स्टेज पर धमा-चौकड़ी करने और इशारों पर नाचनेवाले हीरो नाम के जीव भी कहानी पर कितनी गहरी पैठ रखते हैं! उसी समय मुझे हरीश साहब की सुनाई कहानी याद आ गई और मैंने कान पकड़कर तोबा की—बम्बइया फिल्मों के लिए कहानी लिखना मेरे वश की बात नहीं है!

उस रात मैंने फिल्मी कहानी लेखक बनने का इरादा छोड़ दिया, लेकिन दूसरे दिन ही एक दूसरे निर्माता को मुझे अपनी एक कहानी बेचनी पड़ी! खुशी इस बात की है कि आज तक उस कहानी पर फिल्म नहीं बनी! आगे न बने इसी में खैर हैं!

नौ

रविवार था। सुबह दस बजे के लगभग एक टैक्सी ठीक मेरे दरवाजे के सामने आकर रुकी। मैंने निकलकर देखा, उसमें प्रमिला और शेफाली दोनों थीं। दोनों को एक साथ देखकर मुझे आश्चर्य हुआ। प्रमिला ने कहा, "आज महालक्ष्मी रेस देखने का इरादा है। चलिए, हम आपको लेने आए हैं!"

मैं उसी टैक्सी में आकर बैठ गया और हम महालक्ष्मी की ओर चल पड़े। 'रेसकोर्स' मैदान के पास हमने टैक्सी छोड़ दी। प्रमिला ने वहां हल्दिया को खड़े देख लिया था। पुल के फुटपाथ पर एक गधा बंधा हुआ था और उसे घेरे बहुत से लोग खड़े थे। नीचे उतरकर हम पास पहुंचे तो प्रमिला की बाज-आंखों की मैंने तारीफ की। हल्दिया सचमुच नीचे बैठा अपना भविष्य पूछ रहा था। उसने दस नम्बर का एक टुकड़ा उठाया था। ज्योतिषी ने नम्बर वाले दस गत्ते उल्टा कर गधे के सामने रख दिए थे। उसने दस कार्डों पर से अपना मुंह घुमाया और एक कार्ड निकालकर खोल दिया। वह नम्बर सात था! ज्योतिषी ने कार्ड का नम्बर पढ़ते हुए कहा, "भाई, तुम्हारा किस्मत सात नम्बर का है। तीन और चार सात होता है। दो और पांच सात हैं। एक और छः सात होता है! और सात तो सात है ही! इन्हीं नम्बरों में खेलो, भगवान चाहेगा तो जेब-भरे लौटोगे।"

उसने बेलपत्री और थोड़े चावल हल्दिया को दिए और माथे पर सिंदूर का तिलक लगाया। हल्दिया ने दो रुपये दक्षिणा में दिए और ज्योतिषी के कहने पर गधे के पैर पड़ा। उठकर वह ज्योंही खड़ा हुआ और पीछे लौटा तो सामने हम तीनों थे। हल्दिया का चेहरा फक्क!

हम जब रेसकोर्स के गेट पर पहुंचे तो प्रमिला ने कहा, हल्दिया साहब गधे ने एक नम्बर तो बताया ही नहीं। उसने तो कई नम्बर बताए हैं... !"

"नहीं, उसने सात नम्बर ही तो बताया है!" हल्दिया ने दबी जबान से कहा। प्रमिला यूं मानने वाली नहीं थी। उसने कहा, "आप गौर कीजिए हल्दिया साहब, उसने तीन-

चार, दो-पांच, एक-छः और सात नम्बर बताए हैं। आप ही बताइए अब रह कितने जाते हैं, आठ, नौ और दस! बस न!!"

हल्दिया ने फटे मुंह से हमारी ओर देखा तो शेफाली ने कहा, "हां, उससे कहिए न, कोई एक नम्बर बताए!" हल्दिया को यह बात पट गई! वह लौटकर फिर गया तो हम वहीं से खड़े उसे देखते रहे।

हल्दिया आया तो उसका मुंह लटका हुआ था। निराश स्वर में उसने बताया कि वह कुछ सुनने को तैयार नहीं है। कहता है कि दो रुपये फिर दो और अपना भाग्य फिर से पूछो!

भीतर अनाउंसमेंट होने लगा था। पहली रेस शुरू होने वाली थी। हम तेजी से भीतर चले गए और चारों ने पांच-पांच रुपये अपने-अपने घोड़ों के लगा दिए! किसी ने किसी को नहीं बताया कि उसने रुपये कहां लगाए हैं!

अपने-अपने नम्बरों की टिकटें खरीदकर हम ग्राउण्ड का चक्कर लगा रहे थे कि गनपत मिल गया। उसने एक साथ तीन टिकटें खरीदी थीं। उसने बताया कि एक तीतर ने उसे नम्बर बताए हैं। वे गलत कभी नहीं हो सकते! गनपत ने जिन नम्बरों पर रुपये लगाए थे, हमें नहीं बताए। उसने यह भी नहीं बताया कि कितने रुपये उसने लगाए हैं!

हम सब अपने-आप में मस्त! अलग-अलग और आत्म-केन्द्रित! मैं लिप्त होकर भी निर्लिप्त! घोड़ों की दौड़ से अधिक मजा मुझे खेलने वालों की सूरत में मिल रहा था।

सातवीं रेस अंतिम थी! वह पूरी हुई तो शायद हम सब जमीन पर थे। सबने एक-दूसरे को खोज लिया था। हल्दिया पसीने से लथपथ था। सात नम्बर का घोड़ा किसी गिनती के साथ नहीं आया। 'मार्निंग स्टार' हार गया था और 'हनीमून' उस रेस की रानी घोषित हो चुकी थी। हल्दिया 'मार्निंग स्टार' के जॉकी को गिन-गिनकर गालियां दे रहा था। उसका कहना था कि वह पैसा खा गया। उसने ऐन मौके पर घोड़े की रास खींच दी!...प्रमिला न हारी थी और न जीती! शेफाली दो सौ रुपये गवां चुकी थी! और गनपत सबसे ज्यादा खुश था, वह पांच सौ रुपयों की जीत में था। मेरा हिसाब अपना था, किसी को फुर्सत नहीं थी कि वह मुझसे भी पूछे कि मैंने कितना पाया

और कितना खोया।

शेफाली की आंखें गीली थीं। मैंने उसे धीरज बंधाया तो गनपत ने कहा, "काहे को सोचता मिस! हमारा साथ चलो, हम आज की रात दो सौ दिलवाकर छोड़ेगा!"

गनपत ने जिस निर्भीकता से कहा था, उससे मेरा माथा एकदम ठनका। मैंने गनपत से पूछा, "तुम इन्हें जानते हो?"

"हां सा'ब! छ: महीनों से जानता हूं!"—उसने शेफाली की ओर देखकर कहा, "क्यों मिस!···साहब अपना घर का आदमी है, वो अपुन को जानता, अपुन उसको जानता और अपुन एक उसूल होता, घर में चोरी नहीं मांगता! साला घर का आदमी भेद जानेगा तो घर में ही रहेगा न! बाहिर वाला तो···!"

शेफाली ने अपना चेहरा पलटा लिया था। गनपत ने मेरी ओर देखकर कहा, "साहब, हम मिस के साथ जाता! कल मिलेगा, बॉय!" शेफाली हमारी ओर देखे बिना गनपत के साथ चली गई। हल्दिया बेहद परेशान था। उसे एक दोस्त मिल गया तो वह उसी के साथ हो लिया। प्रमिला ने मेरी ओर देखकर कहा, "हम किसका साथ जाएगा अब?"

मैने उसका हाथ अपने हाथ में ले लिया, "हम दोनों ही खोने-पाने से परे हैं! चलो!" एक टैक्सी रोककर हम आगे चले तो प्रमिला ने अपना सिर मेरे कंधे पर रख लिया। अपने एक हाथ को मेरे सामने घुमाते हुए उसने कहा, "शेफाली इतना खूबसूरत है! हम नहीं सोचा था···!"

"छोड़ो कोई और बात करो—"मैंने उसका सिर उठाते हुए कहा और फिर कार की खिड़की से आसमान की ओर देखने लगा।

अगले दिन शेफाली रणजीत स्टूडियो आई तो उनमें झिझक थी! आते ही थोड़ी देर सिर झुकाकर वह बैठी रही। शायद सोच रही थी कि कुछ पूछ-ताछ करूंगा! लेकिन मैं जानता न होता तो ही तो पूछता! थोड़ी देर की चुप्पी के बाद उसने खुश होकर कहा, "आज एक फिल्म के लिए मुझे साइन कर लिया गया है!"

"अच्छा! यह तो बहुत अच्छा हुआ!···" मुझे सचमुच

खुशी हुई। मैंने पूछा किसने साइन किया है, तो बताया तिवारी ने अगली फिल्म के लिए उसे मेन रोल देने का वचन दिया है। इक्यानवें रुपये देकर उसने आज ही साइन करा लिया है। पिक्चर का नाम अभी नहीं रखा गया है। उसकी कहानी मैं लिख रहा हूं। शेफाली असल में आज तिवारी के लिए ही दफ्तर में आई थी। उसने तिवारी की बहुत तारीफें कीं। शेफाली ने अपना दाहिना हाथ आगे बढ़ाकर मेरी कलाई पर रखते हुए कहा, "आप भी साइन करा लीजिए साहब, वरना फिर लाखों देने पड़ेंगे। कलर-फिल्म है और हांगकांग में पूरी आउट-डोर शूटिंग!" मैंने अपना हाथ अलग करते हुए कहा, "विश यू बेस्ट ऑफ लक!"

तिवारी आया तो शेफाली उठकर खड़ी हो गई। मैंने तिवारी की ओर देखा, उसकी नजरें झुकी हुई थीं। उसी तरह नजरें झुकाए उसने पूछा, "कहिए साहब, कैसा रहा?" इसके बाद उसी ने कहा, "अपन तो ढाई सौ की चपेट में आ गए!" मुझे चुप देखकर उसने उसी तरह गरदन झुकाए हुए कहा, "अच्छा, साहब, तो कल मिलेंगे!" उसने शेफाली की ओर अपनी झुकीं हुई आंखों से ही हल्का-सा इशारा किया और दोनों एक साथ बाहर चले गए। शेफाली की जोर की खिल-खिलाहट मुझे तब तक सुनाई देती रही, जब तक वे सीढ़ियों से नीचे नहीं उतर गए!

दस

रतनचन्द की प्रतीक्षा बराबर बनी रही। महीने भर बाद इसका पत्र आया कि वह अगले माह जरूर आएगा। हमने कहानी का पूरा प्लॉट तैयार कर लिया था और सिनीरियो भी लग-भग पूरा होने को आया था। अगले महीने रतनचन्द आ ही जाएगा, इसका भरोसा था। आखिर आदमी कब तक टालेगा। अपनी मजबूरियों में वह जरूर फंसा होगा।

सॅन एण्ड सैंड में हमने पार्टी देने का निश्चय कर लिया। गणेश एक कदम आगे निकल गया। वह अखबारों में खबर दे आया और जब मैंने पढ़ा कि मैं एक क्रांतिकारी फिल्म बना रहा

हूं, जिसमें सिनेमा की बुराई का चित्रण है और यह बताया गया है कि कॉलेज की एक लड़की एक फिल्मी हीरो के सपने देखकर घर से भागकर बम्बई आती है और अंत में निराश होकर बम्बई के समन्दर में डूब मरती है, तो मेरे पैरों से जमीन खिसक गई। मैंने पूछा, "गणेश यह सब क्या है?"

उसने बड़ी आसानी से कहा, "अब सेठ फंसे बिना नहीं रहेगा। मैं उसे समाचार की कतरन भेजे देता हूं। वह फूल उठेगा और···!"

"और सब बना-बनाया काम बिगड़ जाएगा—" मैंने कहा तो गणेश ने सुझाव दिया, "हम दूसरा फाइनेंसर ढूंढ़ लेंगे। शेफाली और प्रमिला हमारी मदद के लिए हैं। इस समाचार के बाद दो-एक और आ जाएंगी···!"

हम बातें कर ही रहे थे कि कविता आ गई। वह समाचार छपे अखबार को लिए थी। दफ्तर में आते ही उसने सारे कमरे को घूरकर देखा। बोली, "एक बोर्ड दीवार पर लटकाइए और उसमें आठ-दस स्टिल्स लगा लीजिए! तभी तो यह दफ्तर-जैसा लगेगा!"

"स्टिल्स काहे के?" मैंने पूछा।

उसने कुर्सी पर बैठते हुए कहा, "फिल्म के!"

"फिल्म का अभी मुहूर्त नहीं हुआ। एक भी शॉट नहीं लिया गया और···!" कविता ने मुसकुराकर कहा, "मेरे चार-पांज पोज ले लीजिए! दो-तीन पोज किसी और लड़की के!··· एकाध डांस सीन! एकाध खूबसूरत पहाड़ का चित्र या कश्मीर की कोई घाटी! बस!···अजी साहब, फिल्मी दुनिया ऐसे ही चलती है। हमने अब तक बाईस फिल्मों के लिए पोज दिए हैं! पन्द्रह फिल्में साइन कर चुके हैं!"

"उनमें से बनी कितनी कविताजी?" मैंने घूरकर पूछा, तो उसने अपनी गरदन ऊपर उठाकर एक झटका दिया और छातियों को बाहर खींचते हुए बोली, "वो प्रोड्यूसर का दर्द है! हमें क्या मतलब?"

"मैं ऐसा नहीं करूंगा।" मैं उठकर खड़ा हो गया। मैंने कविता की ओर देखकर कहा, "कविताजी, ऐसे पोज किसी और को दीजिए!"

"उस दिन मैंने जो नाटक किया था···?"

"वह नाटक ही तो था!"

"तो आप हमें अपनी फिल्म में रोल नहीं देंगे?"

"यह तो मैंने नहीं कहा।"

"देखिए मैं इनसिस्ट नहीं करती। आप जो भी रोल मुझे दे देंगे, मैं करूंगी!"

"आपको वेंप का रोल दूं तो?"

"वह भी करने को तैयार हूं।"

"तो ठीक है यही रोल पक्का रहा।" मैंने यूं ही कह दिया तो भी कविता खुश हो गई। बोली, "फिर आप साइन कब करेंगे?"

मैंने कहा, "उसमें क्या रखा है! अच्छा-सा मुहूर्त देखकर आपको साइन कर लेंगे!"

"तो कल का डिनर 'ताजमहल' में मेरी ओर से!" उसने उठकर बाहर जाते हुए एक बार मुझे देखा और बोली, "कल डिनर, शाम को सात बजे। ताज में!" मैं उसी तरह सीधा खड़ा रहा और सोचने लगा! मैं एकाएक भावुक हो उठा। परेशानी और उलझन के उसी क्षण में मैंने सेठ रतनचन्द को एक पत्र लिखा। पत्र लिखते ही मुझे लगा कि मैं हल्का हो गया हूं। उसी क्षण मैं फिर अपने पंख पसारकर हवा में उड़ गया! काश! कविता इस समय घर में ही हो! मैं लोकल ट्रेन में बांदरा की ओर चल पड़ा!

चहल-पहल बढ़ गई थी।

किसी तरह फिल्म शुरू करने की तैयारियां हमने ज़ोरों से आरम्भ कर दीं। विनोद और गणेश अपना-अपना काम लेकर सुबह से बाहर निकल जाते। मैं रणजीत स्टूडियो पहुंचकर या तो कागज काले करता या 'जनता' से मिला करता। चारों ओर मेरी धूम थी!

दोपहर को सोलंकी आया तो मैं उसे जानबूझकर एक होटल में ले गया। सोलंकी ने मुझे सुझाव दिया कि यदि फाइ-नेंसर न आए तो कर्ज पर रुपया मिल सकता है। हजार-पांच सौ खर्च कर मुहूर्त करने भर की देर है। दो-तीन बड़े-बड़े

आर्टिस्टों को साइन कर उनसे लेटर ले लेना चाहिए। इसी तरह म्यूजिक-डायरेक्टर और गीतकारों के साथ किया जा सकता है। सोलंकी ने सांत्वना दी कि जहां तक डायरेक्टर का सवाल है, वह अपने मित्र से लेटर दिलवा देगा।

सोलंकी की योजना मुझे मीठी लगी। मैंने पूछा, "ब्याज क्या देना होगा?"

"पच्चीस से तीस प्रतिशत तक।" उसने सहज भाव से कहा, लेकिन मेरा मुंह फटा रह गया। इतना ब्याज!"

सोलंकी ने उठते हुए कहा, "भाई प्रमिला को तुम्हें सौंप चुका हूं। उसका ध्यान रखना। बेचारी का कुछ बन जाए तो जनम-जनम साथ देगी।...हां, तुम्हारा कहा न माने तो मुझसे बताना...साली के कान तोड़ लूंगा।" इसके बाद बिना किसी प्रसंग के सोलंकी चार-पांच गालियां प्रमिला के लिए मेरे हवाले कर गया और कलाई में बंधी घड़ी की ओर देखकर चल पड़ा।

स्टूडियो वापस आया तो गणेश और विनोद दोनों हाजिर थे। हल्दिया के साथ वे पापा से मिलने गए थे। श्री साउण्ड स्टूडियोज में एक शूटिंग थी। दोपहर तक शूटिंग चलती रही। दोपहर बाद हीरो साहब जो लच के लिए गए तो फिर वापस नहीं आए। शूटिंग 'पैक' करनी पड़ी। प्रोड्यूसर सिर पीटता रहा। उसका कई हजारों का नुकसान हुआ, क्योंकि कल से उसी जगह किसी और फिल्म की शूटिंग होने वाली है। दो घटे और हीरो साहब आ जाते तो दो-तीन सीक्वेंस जो बचे थे, पूरे हो जाते। अब उन दो-तीन शॉट के लिए पूरा सेट फिर में बनाना होगा। उस सेट को बनाने में दस हजार रुपये लगे थे। प्रोड्यूसर तो बेचारा गालियां बकंता और सिर पीटता चला गया, हल्दिया को पापा से बातें करने का मौका मिल गया।

हल्दिया ने हमारी फिल्म के लिए हीरो को तैयार करने का वायदा किया था, वह आम फिल्मों में छः लाख रुपये लेता है। उनमें एक लाख रुपये 'ह्वाइट' होते हैं, बाकी पांच लाख 'ब्लैक'। गणेश ने बताया, पापा ने कह दिया है, वे उसी को कुल तीन लाख में तय कर देगे, लेकिन एक लाख एडवांस देना होगा।

"एक लाख एडवांस?" मैं चक्कर खाने लगा। गणेश ने

कहा, "जी, एक लाख!···और बाद में जो कई दस हजार बिगड़ेंगे, वो अलग।···कान्ट्रेक्ट में साइन तब करेंगे जब उन्हें पूरे तीन लाख रुपये मिल जाएंगे। यानी अभी जो भी उन्हें दिया जाएगा, बिना लिखत-पढ़त के होगा। लेकिन इसमें घबराने की बात नहीं है। यहां के सारे हिसाब-किताब यूं ही भरोसे पर चलते हैं।"

मैं सिगरेट सुलगाकर धुआं उड़ाने लगा और उसके छल्लों में खो गया।

दफ्तर से उठकर मैं बाहर आ गया। दादा साहब फालके रोड पर जूनियर आर्टिस्ट एसोसिएशन के सामने शेफाली मिली। मेरे सामने आकर रुकते हुए उसने कहा, "आपके ही पास जा रही थी!"

मैंने कलाई में बंधी घड़ी की ओर देखकर कहा, "मेरा सिनेमा जाने का विचार है?"

"कहिए तो मैं भी साथ दूं?"

"जरूर, जरूर···इससे बेहतर क्या होगा!" मुझे खुशी हुई। मन बदल जाएगा और शेफाली साथ रहेगी तो रद्दी फिल्म भी खूबसूरत हो उठेगी।

ढाई घंटे का वक्त यूं ही कट गया। बाहर आए तो सामने के होटल में खाने का कार्यक्रम था। उसी होटल में हम एक कोने में जा बैठे।

शेफाली ने 'मेन्यू' देखकर ऑर्डर प्लेस कर दिया। फिर मेरी दाहिनी हथेली सीधी कर वह उनकी रेखाएं देखने लगी। बोली, "आपकी रेखाएं बहुत तेज हैं···!"

"हैं तो?" मैंने बिना किसी गम्भीरता के उत्तर दिया। उसने हथेली की रेखाएं इस तरह देखीं, जैसे वह हस्तरेखा-विशेषज्ञ है और सारी रेखाओं के अर्थ जानती है। थोड़ी देर रेखाओं को देखकर उसने मेरी हथेली अलग कर दी और बोली, "आप पिक्चर बनाकर छोड़ेंगे।"

"क्या यह मेरी रेखाओं में लिखा है?"

"एकदम साफ!··· मेरी बात गलत निकल जाए तो···।"

"तो आप चाय पिला दीजिएगा!" मैंने हंसकर कहा, तो वह भी हंस पड़ी।

खाना खाने के बाद हम दोनों जब होटल के बाहर आए तो साढ़े दस बज चुके थे। शेफाली की आंखें भारी थीं। लगता था कि बिना नशे के उनमें नशा उतर आया है। उसने पूछा, "क्या जरूरी है कि हम अपने-अपने घर जाएं!"

"एकदम नहीं," मैंने कहा।

"तो बताइए आपकी जेब के क्या हाल हैं?"

"चिन्ता की बात नहीं है!" मैंने आश्वासन दिया तो उसने हाथ देकर टैक्सी रोकी। उसमें बैठते हुए उसने प्रस्ताव रखा, "तो रेडियो क्लब चलिए! आज डांस का मूड है।"

टैक्सी में बैठकर उसने अंगड़ाई ली। फिर उसे एक लम्बी जम्हाई आई और चुटकी बजाते हुए उसने पूछा, "आप फॉक्स जानते हैं?"

"हां!"

"ट्विस्ट?"

"थोड़ा-थोड़ा।"

"रॉक?"

"एकदम नहीं।"

"चलेगा!" वह बोली फिर एकदम मौन हो गई!

ग्यारह

सुबह मैंने सेठ रतनचन्द को तार भेजा।

फिर मैं आठ दिनों के लिए गायब हो गया। गणेश और विनोद को मैंने समझा दिया कि मैं आत्म-दर्शन के लिए जा रहा हूं। तब तक सेठ रतनचन्द का जवाब भी आ जाएगा!

आठ दिन मैंने माथेरान में अकेले बिताए। आगे-पीछे खूब सोचा! कई प्लान तैयार किए। कई प्लान बिगाड़े और नवें दिन जब मैं रणजीत स्टूडियो आया तो मेरा मन एकदम हल्का था। गणेश ने बताया कि रतनचन्द सेठ का कोई जवाब नहीं आया है।

"अब उसकी जरूरत भी नहीं है!"—कहकर मैं बाहर आ गया। विनोद ने खबर दी कि प्रमिला और शेफाली अभी-अभी आकर गई हैं। फिर आएंगी। कविता ने फोन किया था।

बांदरा से रानी ने बुलावा भेजा है। वनीदा एक बार शूटिंग के बीच खुद दफ्तर में आई थी। सोलंकी रोज ही खबर लेता रहा है। हल्दिया ने कहा है, आते ही मैं उससे तुरन्त मिलूं···! सब कुछ सुनकर भी मैंने अनसुना कर दिया। रणजीत स्टूडियो के बाहर आया तो जूनियर आर्टिस्ट एसोसिएशन के सामने हल्दिया खड़ा था। उसे बहुत-सी लड़कियां घेरे हुई थीं। मुझे महसूस हुआ कि इन्हीं लड़कियों में प्रमिला, शेफाली, कविता और रानी भी हैं। उस घेरे से वे अलग नहीं हैं!

हल्दिया को लेकर मैं उसके घर चला गया। वह मेरी परेशानी जानता था। घर पहुंचते ही उसने पहला प्रश्न किया, "तुमने माथेरान में क्या सोचा?"

कुर्सी पर बैठते हुए मैंने कहा, "दोस्त, मेरे सामने दो रास्ते हैं, एक यह कि मैं बम्बई छोड़कर चला जाऊं···!" उसने मुझे बीच में रोक दिया और बोला, "यह तो नहीं हो सकता, मित्र! बम्बई का पानी इतनी आसानी से किसी का साथ नहीं छोड़ता। दूसरी बात बताओ, दूसरा रास्ता क्या है?"

"मैं एक प्रयोगात्मक फिल्म बनाना चाहता हूं। बम्बई में जितनी कहानियां बिखरी पड़ी हैं, यदि उन्हें गम्भीरता के साथ परदे पर रखा जाए तो एक अच्छी फिल्म बन सकती है।"

हल्दिया ने मेरे इस सुझाव का विरोध नहीं किया, बोला, "आखिर ठहरे वही लेखक न!"

"हां—" मैने जोर देकर कहा, "इसके सिवाय तीसरा रास्ता नहीं है। सेठ रतनचन्द को अब आना नहीं है। तब और क्या हो सकता है? मैं सारी बम्बई देखूंगा। चारों ओर खोज करूंगा। इसी खोज में से एक कहानी तैयार होगी और उसी में नायिका भी मिलेगी। जिस दिन मुझे अपने मन के लायक दोनों चीजें मिलीं, उसी दिन मैंने मुहूर्त किया!"

अपने इस इरादे को चाय के प्यालों के साथ मैंने मजबूत किया और हल्दिया के घर से निकल पड़ा। स्टेशन आकर मैंने लोकल ट्रेन पकड़ी और बाम्बे सेन्ट्रल जा पहुंचा। यहीं मुझे रामकृष्ण मिलने वाले थे, मेरे लखनऊ के एक मित्र! उनके साथ कैंडी-ब्रिज जाने का मैंने विचार किया। उसी के आसपास

गनपत मिलेगा··· !

गनपत से ज्यादा बम्बई को और कोई नहीं जानता। गनपत तजुर्बेकार आदमी है। जवानी से लेकर उघड़ती उमर तक हजारों कहानियों के बीच से गुजर चुका है। एक दिन अनायास उससे मेरी भेंट हुई थी। मैंने उसे घूरकर देखा था। उसके चिकने चेहरे के पीछे कुछ रेखाएं झांक रही थीं। बाढ़ के बाद कछार में बनी हुई परतों की तरह उसके चेहरे पर कई परतें बनी हुई नजर आ रही थीं। मैंने उसे सिगरेट देकर बैंच पर बैठने को कहा था। उसका सिगरेट अपने हाथ से जलाते हुए मैंने उसका सारा इतिहास पूछ लिया था। उसने अपनी कहानी सहज ढंग से कह दी थी। पूना के पास एक गांव में वह रहता था। नाम—सदाशिव पांडुरंग गनपत! अब केवल गनपत! बम्बई आकर चौकीदारी की तो एक बार किसी और की चोरी उसके सिर मढ़कर मालिक ने उसे जेल भिजवा दिया। दो साल के बाद लौटा तो···"

"सा'ब, जेल में आपुन सिपाहियों से दोस्ती किमेला होता! खूब पटाया सा'ब! छूटता वकत सौदा पक्का! हम जो कमा-एगा उसमें थोड़ा उनका भी हिस्सा···उन सिपाही लोग ने बताया, सा'ब या तो शराब बेचे हम, या लड़कियां बेचे!··· शराब का धन्धा···न···" उसने अपने कान पकड़े, "आदमी का धन्धा, आदमी के साथ चलने कूं मंगता। जानो-समझो सा'ब हम और तुम दोस्त हो गया, दोनों का पट गिया···अब तुम्हीं बताओ सा'ब पुलिस क्या करने कूं मंगता? कर सकता सा'ब कुछ···? को···च्छ नहीं। आखिर कानून भी कुछ होता···?···तो सा'ब अपन ने आदमी से ही दोस्ती किया··· लड़की मांगता सा'ब?"

मैंने गनपत की ओर देखा था, कितना आसानी से वह कह गया था! मुझे उसी दिन लगा था, गनपत की दोस्ती बेकार नहीं होगी। मैंने बताया था कि मैं लेखक हूं और मुझे उसकी जरूरत पड़ सकती है!

"तुम बम्बई का माफिक नयीं है सा'ब, इससे हम तुम्हारे माफिक होगा···हमारा-तुम्हारा दोस्ती पक्का!"—गनपत ने

ने हाथ मिलाए थे और लगे हाथ दो रुपए भी कमीशन के तौर माग लिए थे! तब से गनपत मेरा दोस्त है।

बारह

गनपत ब्रिज के आसपास कहीं नहीं था। यहां-वहां हमने उसकी खोजबीन की और आखिर में वह चौपाटी पर मिला। पुतले के नीचे टूटी बेंच पर बैठा वह ऊंघ रहा था। अपनी नंगी जांघों पर हाथ फेरता हुआ वह सामने के नियोन लाइट्स को घूर रहा था। मुझे देखते ही वह उठकर खड़ा हो गया। बोला, "माफ करना, सा'ब आज खाली-पीली कड़कीच है!"

मैंने गनपत की ओर तरल आंखों से देखकर, अपने मित्र की ओर इशारा किया, "गनपत, सा'ब लखनऊ से आया है। रंगीन तबीयत का है! कहीं घुमा ला!" गनपत एकदम खुश हो पड़ा। वह एक सांस में कई नाम गिना गया और पूछने लगा, "कहां चलूं?"

हम क्या बताएं उसे? मैंने आंखों से जो कुछ कहा, गनपत समझ गया। बोला, "तो सा'ब, आज तबीयत खुश ही कर दूंगा! एक बिलकुल नई लड़की आई है, माल है सा'ब, माल!"

गनपत ने जिस ढंग से बात कही, उससे मेरा दोस्त रोमानी हो उठा। मेरे लिए यह एक नये पड़ाव की भूमिका थी! गनपत ने नई लड़की की बात की है, और···!

हम एक टैक्सी में बैठकर चर्च गेट तक आए। चर्च गेट के पीछे 'रूपम' की तीसरी मजिल पर जाकर गनपत ने एक फ्लैट में घंटी दबाई। दरवाजा खुला तो अलादीन के ख्वाब की तरह वहां का माहौल एक अजीब रंग में सराबोर था। सामने के सोफे पर चार विदेशी बैठे हुए थे। उन्होंने शायद खूब पी रखी थी। उनके बीच बैठी लड़की सिगरेट के धुएं से छल्ले बनाकर उनकी ओर बारी-बारी से छोड़ती थी। उसके होंठ बेहद सुर्ख और चेहरा बदरंग थे। बॉबकट बाल और ढीली स्कर्ट! सामने महीन-सी ब्रेसरी से उसके उभरते मांसल टुकडे साफ झलक रहे थे। वह निहायत बेशर्मी से उन चारों से सटी हुई बैठी बातें कर रही थी। बातों के दौरान किसी को नशे का

सरूर बोझिल कर देता तो वह खिसककर उस लड़की के होंठ चूम लेता। लड़की उसी तरह निस्पंद बैठी रहती। यह सब देखकर मुझे अच्छा नहीं लगा। लगता था सांस के रहते हुए भी वह बेजान, एक चाबी-भरे पुतले की तरह बैठी हुई है। एक आदमी ने उसकी जांघ पर जोर से हाथ मारा, "माई स्वीट डार्लिंग।"

वह एक बार तड़प उठी। फिर बोली, "माई ड्रीम, डियर।"

हम सामने के दूसरे सोफे पर जाकर बैठ गए। बातों से पता चला, ये चारों यूरोप से आ रहे हैं। सिंगापुर के रास्ते एक रात बम्बई में रुके हैं। इनका जहाज 'लाइन-गेट' पर है और सबेरे ही इन्हें रवाना होना है। सबेरे रवाना न होना होता तो शायद रात यहीं रहते। नहीं रह सकते, अपनी यह विवशता वे उस लड़की से बिना हिचक प्रकट करते हैं। उनमें से एक आदमी ने आवाज दी तो एक बूढ़ी औरत बाहर आई। उसने हमारी ओर भी देखा। गनपत की ओर देखकर मुसकुराई। गनपत ने कहा, "गुड ईवनिंग, मैडम !"

मैडम ने सिर हिलाकर जवाब दिया, "गुड ईवनिंग।" उसने उन चारों आदमियों और हम सबसे 'गुड ईवनिंग' की, एक आदमी ने कहा—"मैडम, मिस पिंकी आया?"

"नो···नो···अभी एंगेज है।" बोली, "आजकल पिंकी का बड़ा डिमांड है।"

गनपत की ओर देखकर उसने कहा, "गनपत, मिस पिंकी हमेशा चालू रहता है। हमरे को डर है, वो बीमार न हो जाए!"

गनपत ने मुसकुराकर कहा, "माल भी है मैडम।"

"यो···यो···" मैडम ने सिर हिलाया। उसके इस तरह सिर हिलाते ही चारों आदमी उठ खड़े हुए और चारों अपने को पिंकी के लिए तैयार करने लगे। यह देखकर बीच में बैठी लड़की को गुस्सा आया। वह खड़ी हो गई। बोली, "तो चलेगा आपुन···।" वह जाने को हुई तो उनमें से एक ने उसकी नंगी कलाइयां पकड़ लीं। बोला, "उधर नहीं, इधर।"

अपने साथियों की तरफ देखकर उसने कहा, "हम तो इसी का साथ जाएगा।"

वह पास वाले कमरे में चला गया।

थोड़ी देर बाद मिस पिंकी पधारी तो मैं दंग रह गया। एक भद्दी-सी लड़की, बहुत छोटी और ठिगनी! उमर चाहे जो हो, लगती पन्द्रह-सोलह से ज्यादा की नहीं थी। उसके आते ही तीनों ने उसे घेर लिया और बिना कुछ देखे तीनों उसके लिए झगड़ने लगे। यह झगड़ा मुझे रुचा नहीं। गनपत शायद समझ गया था। वह हमें भीतर वाले कमरे में ले गया। दीवार से लगे गोल सोफों पर सात-आठ लड़कियां बैठी थीं। मैं एक बार सबको देख गया। जिसे मैं देखता, वह मेरी ओर देखकर मुसकुरा देती। कुछ मुझे देखने के बाद अपने अंगों की ओर नजर फेंकती, ताकि मेरी नजर उसके सहारे उन पर घूम जाए। अजीब-सी थी ये सभी लड़कियां, रूज और पाउडर पोते। कुछ स्कर्ट और फ्राक, कुछ साड़ी तथा सलवार पहने। चमकदार रेशम के ये कपड़े उनकी देह पर गहरे धब्बों की तरह लग रहे थे। उनमें से किसी का मुंह बन्द था और कोई गुनगुना रही थी। इसी बीच अंडरवीयर और ब्रेसरी पहने एक लड़की वहां आई। वह होगी कोई दस-बारह बरस की। एक दूसरी लड़की की ओर देखकर बोली, "मम्मी, नींद आता है···!"

चुस्त सलवार पहने कोने वाली लड़की उठकर उसके पास आई। उसका हाथ पकड़कर खींचते हुए अन्दर ले गई। बोली, "हम कित्ता मना करता! क्यूं आता···" उसके बाद लड़की ने कुछ कहा, पर हमारे पास तक फिर उसकी आवाज नहीं पहुंची।

मैडम हमारे पास आकर बैठ गई। वह इस 'आश्रम' की मालकिन थी। उसने एक ही नजर में हम तीनों को देखा। बोली "पसन्द आया कोई?···देखो, सब जवान छोकरी लोग है।" फिर उसने अंगुली से एक एक की ओर दिखाते हुए कहा, "वो बगाल का है, वो गुजराती, वो पाकिस्तान से भाग आया है, ये मद्रास का है, वो मराठिन है, ये है पंजाब का, और···! सब नाजुक है! सब खूबसूरत है!···यू विल हैव ए गुड टाइम विद देम। और सबका पास हैल्थ डिपाटैमेंट का सार्टीफिकेट है। कल ही जांच हुआ है···कोई हिचक नहीं। बोलो, पसन्द है···?"

हम दोनों ने एक-दूसरे की ओर देखा। गनपत तब तक उठकर दो लड़कियों के बीचे में जा बैठा था और दोनों के कन्धे पर हाथ रख कर बातें करने लगा था। मैंने सहसा उसे देखा। उसने एक लड़की के मुंह से सिगरेट छीनकर पीनी शुरू कर दी थी। मैंने फिर अपने मित्र की ओर देखा, जो शायद यह सब पहली बार देख रहा था और परेशान था। मैंने गनपत को आवाज दी। जब वह पास आ गया तो मैंने तेज निगाहों से उसकी ओर देखा और धीरे से कान में कहा, "चल, यहां से। तूने क्या कहा था···?"

गनपत मुसकुराया। वह उठकर मैडम के पास चला गया। मैडम ने जोर से घूरकर हम दोनों को देखा। बोली, "अच्छा···" फिर उसने आवाज दी, "अयूब···ओ अयूब···!"

पायजामा पहने एक गंदा-सा आदमी आकर खड़ा हो गया। मैडम ने उसकी ओर बिना देखे कहा, "साब को नं० 22 में ले जा···!" उसी समय गनपत ने पास आकर कहा, "बीस रुपए दे दीजिए।"

मैंने कहा, "ये क्या बदतमीजी है···!" गनपत ने मुसकुराकर अपनी हथेली मेरे मुंह पर रख दी। बोला, "सा'ब, हमारा जान-पहचान नया-नया नहीं है। भरोसा रखो···!"

मेरे दोस्त ने बीस रुपए निकाल कर मैडम को दे दिए। हम तीनों उठकर चलने लगे तो सारी लड़कियां एक साथ खिलखिला कर हंस पड़ीं।

टैक्सी पर जब हम बम्बई शहर के भीड़-भरे रास्तों से गुजरे तो मुझे लगा जैसे मेरे साथ सारी रगीन रोशनियां उड़ती हुई चली जा रही हैं। जैसे लहरों के साथ-साथ मछलियां भागती जाती हैं, बड़ी अजीब-सी बात है यह। सारी रात ये रोशंनियां जागती रहती हैं। इसी तरह यह मुहल्ला भी सोना नहीं जानता। कई बार दिन में यहां से मैं गुजरा हूं। तब एक अजीब खामोशी मैंने देखी है। कबूतर के खोखों की तरह बने घरों से ही मैंने कुछ औरतों को झांकते देखा है। वे बदसूरत और घिनौनी दरिद्र औरतें! उनका जिस्म नहीं सड़ी-गली माटी है। बम्बई के फुटपाथों पर सोने वाले, ठेलागाड़ियों को खींचने

वाले या भीख मांगकर पैसा जमा करने वाले आदमियों को यहीं राहत मिलती है। फारस रोड की यह सड़क इन्हीं लोगों के शोरशराबे से भरी होती है। शाम होते ही लुंगी लगाए पठान और मुसलमान अक्सर घूमते नजर आते हैं। पान वालों की दूकानों और तार के खम्भों के पास औरतें खड़ी मिलती हैं और हर निकलने वाले की ओर आंखें फाड़कर देखतीं और आवाजें कसती हैं, "बाबू ऐ बाबू... !"

फारस रोड इन फूहड़ औरतों का घर है। इसलिए कोई भला आदमी वहां से नहीं निकलता, जब तक निकलना उसकी मजबूरी न हो।

हमारी टैक्सी इस सड़क से गुजरती हुई दाईं ओर मुड़ी। थोड़ा आगे जाकर म्युनिसपैलटी का चौराहा है और फिर फायर ब्रिगेड का सेन्टर! जरा-सा आगे बढ़ते ही गनपत ने टैक्सी रुकवा दी। उतर कर हम आगे बढ़े। देखा सामने दो-मंजला पुरानी इमारतें हैं। बीच की सड़क के दोनों ओर ऐसी ही इमारतें हैं। उनके सामने चौकोर घेरों में तेज रोशनी वाला बल्ब जलता है और उसके सामने नम्बर लिखा होता है। मैंने नजर दौड़ाई और पढ़ गया, बाईं ओर 22, 23, 24, 25, 26, 27 आदि, दाईं ओर 94, 95, 96, 97 आदि।

गनपत ने बताया कि ये बंगले हैं और सामने हर बंगले का नम्बर लिखा है। इन्हें कारपोरेशन से लायसेन्स मिला हुआ है और व्यापारिक ढंग से इन्हें चलाया जाता है। मेरे दोस्त ने इशारा किया। हमारा मन हुआ, इनके भी नजारे देख लें, लेकिन फिर और समय के लिए छोड़ना हमने उचित समझा।

गनपत बंगला नम्बर 42 के पास की मस्जिद तक हमें ले गया। मस्जिद से लगी एक संकरी गली में हम घुस गए और दस-पन्द्रह कदम चलते ही एक घर के कमरे में पहुंच गए। बिजली की रोशनी में कमरा जगमग था। कुछ पुरानी कुर्सियां पड़ी थीं। दीवार पर बाजारों में बिकने वाले सस्ते कलेण्डर लगे थे। उनके बीच फ्रेमों में जड़ी कुछ तसवीरें थीं, शायद उस परिवार के गुम फोटों रहे होंगे।

हम बैठ गए और किसी के आने की प्रतीक्षा करने लगे। गनपत हमें छोड़कर भीतर चला गया था। हम यहां-वहां ताक-

झांक कर रहे थे। हर चीज हमें अजूबा-सी लगती। एकाएक दूसरे दरवाजे से एक औरत आई और खड़ी हो गई। मैंने उसे देखा तो अचरज से रह गया। वह सरस्वती थी। कुछ दिन पहले गिरगाम के पुराने घर में मिली थी। एक मित्र के साथ उससे मेरा परिचय हुआ था। सरस्वती दुबली-पतली और साधारण-सी अधेड़ औरत है। आज वेश्याओं की तरह वह नहीं थी, लेकिन तब भी वेश्या ही थी! अन्तर यही था कि सौदेबाजी की आदत से दूर थी और जो दो-एक बार आ चुका होता, उसे पहचान लेती थी। वह यह भी जानती थी कि मैं लिखता-पढ़ता हूं इसलिए हसते हुए पूछा करती कि मैंने इस दौरान किसके बारे में लिखा है। मैं यूं ही किसी का नाम बताता तो वह हंसकर कहती, "मेरे बारे में कब लिखोगे· · ?"

"क्या लिखूं, तुम्हारे बारे में।"

"तब तो तुम लिखना नहीं जानते," वह व्यंग्य से कहती और फिर अपनी जिन्दगी का कोई कतरा नीचे गिरा देती। मुझे याद है, एक बार तो उसने गजब कर दिया था। बातें करते-करते उसने अपना ब्लाउज उतारकर पूरा पेट दिखाया था। कहती थी, 'यह देखो, यह पत्तेदार और ढीला पेट। पतले टखने और भारी कमर! इन टांगों को देखो, ये मुड़ती नहीं हैं। मुड़ती हैं तो चारा काटने की टूटी मशीन की तरह मुर्दा बन जाती हैं।'

फिर उसने अपनी कसी हुई बांहें और नरम कलाइयां दिखाईं थीं। मुझे पकड़ाते हुए उसने पूछा था, 'इससे नरम कलाइयां तुमने देखी हैं?' उस दिन वह मूड में थी। कहती थी, 'सा'ब, हमेरे को लिखना नहीं आता, वरना वो लिखता, वो लिखता कि बस कुछ पूछो मत।' वह सफेद चादर बिछे हुए पलंग पर बैठ गई थी। कहती थी, 'सा'ब, ये ढीले स्तन! ये आंखें, जिनका पानी कब का उतर चुका है। चमक से दूर ये सूखा चेहरा और नदी के कछारों में बनने वाली परतों की तरह हमारे पेट की जानदार परतें, यही तो सब कुछ है, सा'ब! ये सब मेरी अपनी नहीं है, उन सब औरतों की हैं, जो मेरी तरह हैं। ये अजूबा चीजें क्या कम हैं! इनके बावजूद लिखने की कमी है।'

सरस्वती के ज्ञान के सामने मैं सचमुच हार चुका था। वह यदि वहां न होती तो जरूर एक बड़ी लेखिका बनी होती और हर लेखिका को पीछे छोड़ चुकी होती। सरस्वती के एक लड़की है—आठ साल की। भूल भी कई बार हो जाती है। वह भी ऐसी ही भूल है वरना मजाल है जो कभी लड़की हो जाए! उस भूल का सरस्वती को दुःख है। बड़ी होकर यह लड़की भी यही कुछ करेगी, क्योंकि उसने कहा था, 'लोग तो, सा'ब भरी दोपहर को भी आ जाते हैं और यदि मैं सोई होती हूं तो भी मुझे उठा दिया जाता है। तब मेरी लड़की मुझे कमरे में बन्द होते और निकलते देखती है और कई बार तो···।'

सरस्वती की आंखें नम हो गई थीं। और यही कुछ था जिसने मुझे खींच लिया था। सरस्वती आज यहां थी। वह हमें देखकर हसी। सरस्वती के हंसते हुए पान से रचे दांत न जाने क्यों मुझे उस समय अच्छे लगे और लगा कि यदि कोई आदमी इस औरत के साथ अपना घर बसा ले तो इससे अच्छी बीवी उसे कहीं नहीं मिलेगी।

गनपत वापस आया तो अपने साथ एक लड़की को भी ले आया, साफ-सुथरी, गोरी और ठिगनी लड़की। सोलह से ज्यादा की नहीं हो सकती। सफेद स्कर्ट और लाल स्कार्फ पहने खूब चमकती और फूल-सी खिलती। उसके आते ही हमारा कमरा चन्दन की सुगंध से भर गया। दो चोटियों से लटकती जूही की मालाओं ने एक-दूसरी सुगंध छोड़ी और वह मुसकुराकर एक नाजुक पत्ते की तरह धीरे-से कुर्सी पर बैठ गई। उसी समय एक मोटी-सी औरत भीतर से आई। मोटी कोल्हापुरी साड़ी पहने उस काली और बदसूरत औरत के मुंह से पान की पीक बाहर निकलकर बह रही थी। उसकी आवाज भी मोटी और भद्दी थी। बोली, "अभी आया है, छोकरी!···कौन बैठेगा?"

जिस ढंग से उसने पूछा, उससे सारा मजा ही चला गया। हम दोनों कांप गए और एक-दूसरे की ओर देखने लगे। गनपत ने उससे कहा, "तू जा, जिसे बैठना होगा, बैठ लेगा।"

उसने अपनी सूखी और सफेद आंखों से हमें देखा और भीतर चली गई। सरस्वती तब आगे आई। मेरी ओर उगली

दिखाकर बोली, "बेबी ये आपुन दोस्त होता। कोई फिकिर नयीं।"

लड़की खुश हुई। सरस्वती ने मेरी ओर देखा और आंखों से यह कहकर कि अब तो ये है, मेरी क्या जरूरत, भीतर चली गई। लड़की बाकई लड़की थी। इस घर के बाहर वह कहीं भी हजारों की थी! पहली बार मैंने इतनी साफ और उजली लड़की देखी और ताज्जुब हुआ कि तब भी उसकी कीमत बीस रुपये है। मैं उस लड़की को घूरकर देखता रहा। वह बड़े करीने के साथ हल्के हल्के मुसकुराती रही। मैं उसे और देखता, पर वह ऐसी जगह नहीं थी। वह भद्दी औरत किसी भी क्षण फिर आ सकती थी। मैंने अपने दोस्त से धीरे-धीरे मशवरा किया और फिर उस लड़की को लेकर भीतर चला गया।

कमरे के अन्दर जाते ही लड़की ने दरवाजा बन्दकर उसकी चिटकनी लगा दी और मेरे पास आकर खड़ी हो गई। मैंने अब खूब जी भरकर उसे देखा। मेरी आंखें कहीं धोखा नहीं खा रही थीं। उसके दोनों कंधों पर मैंने अपने हाथ रख दिए और पूछा—

"तुम्हारा नाम?"

"नाम था शैलू, अब फाफा!"

"था शैलू, यानी?" मैंने पूछा।

"हां, था पहले नाम यही। अब नहीं है।"

मेरा मन हुआ, उससे पूछूं कि तुम किस तरह और क्यों यहां आई। किस गलती ने तुम्हें यहां भेज दिया···पर न पूछ सका। मैंने हाथ पकड़कर उसे पलंग पर बिठा दिया और कहा, "देखो, तुम बड़ी खूबसूरत हो। बड़ी भोली और शर-मीली हो।"

उसने मेरी ओर देखकर मुसकुरा दिया। मैंने पूछा, "तुम्हें घूमना पसन्द आता है?"

"किसे नहीं आता?" उसने कहा।

"तो चलो, आज तुम्हें हम घुमाएगे।"

"ना बाबा, वो बूढ़ी मुझे खा जाएगा और तुम्हें भी कच्चा चबा लेगा।"

"उससे निपट लूंगा।"

"अच्छा···।"

"हां···"

"······!"

"यह बताओ तुम्हारी बाहर जाने की फीस क्या है?"

"अभी तक कभी गया नहीं। महीने-भर ही तो आए हुए हैं।"

"कहां से आई हो?"

"नेपाल से।"

"अच्छा, तो चलो, अब बाहर चलें।"

"बस।" उसने बड़े अचरज से मेरी ओर देखा।

मैंने कहा, "हां!" और स्वयं दरवाजा खोलकर बाहर आ गया।

शैलू को भी हाथ पकड़कर अपने साथ बाहर ले आया। कमरे के बाहर आकर मैंने आवाज लगाई और सरस्वती को बुलाया। उसे एक ओर ले जाकर मैंने कई बातें कीं। सरस्वती ने भीतर जाकर उस बदसूरत अधेड़ औरत से चर्चा की और पांच मिनट में ही दोनों उस कमरे में आ गईं, जहां गनपत के साथ हम दोनों मित्र बैठ थे। शैलू भीतर जा चुकी थी और मैं जानता हूं वह तब तक बाहर नहीं जा सकती, जब तक उसकी 'मालकिन' हुक्म न दे। सरस्वती ने जरूर मालकिन को समझाया होगा। वह गनपत को भी जानती थी और जिस 'मैडम' ने हमें यहां भेजा था, वह भी उसकी रिश्तेदार थी। उसने मुझसे ज्यादा प्रश्न नहीं किए। बोली, "पचास रुपये निकालो।"

पचास रुपये लेकर उसने उसी तरह कठोर नजरों से हमारी ओर देखा और वहीं से चिल्लाई, "बेबी···! बे···बी!"

शैलू दौड़ते हुए आकर खड़ी हो गई!

उसने कहा, "सा'ब के साथ जाना है। अपना आदमी है—खूब खरा और अच्छा है! अच्छा 'टैम' देना। एं···!" उसने शैलू के सिर पर हाथ फेरा और दस-दस रुपयों के पांच नोटों को चूमकर भीतर चली गई। अब शैलू हमारे साथ चलने को तैयार थी।

वह खुश हुई। सरस्वती से उसने 'टा···टा' किया और फिर हमारे साथ चली आई!

शैलू सीधी और निहायत शरीफ लड़की थी। आम वेश्याओं की तरह उसमें कुछ नहीं था। कहीं से यह पता नहीं चलता था कि हम उसे किराये पर लाये हैं और वह आज की रात हमारी हर हरकतों को सहने के लिए बाध्य है। मैं उसे बार-बार देखता और हर बार उसमें एक नया-सा उभरता भाव पढ़ता। थोड़ी ही देर में मुझे विश्वास हो गया कि वह वेश्या नहीं हो सकती और मुझे उसके साथ वेश्याओं की तरह व्यवहार नहीं करना चाहिए।

मेरा दोस्त परेशान था। एक कारखाने का इंजीनियर। वह भला इन कोमल बातों को क्या समझे! बेजान पुरजों के साथ दिन-रात जूझता रहता है और खुद भी बेजान हो गया है। वह मुझे बुलाकर अलग ले गया और जो कुछ उसने कहा, उसका अर्थ यही था कि मैं पागल हूं और मूरखों की तरह सारी हरकतें कर रहा हूं। मुझे यह नहीं भूलना चाहिए कि अपनी गाढ़ी कमाई के सत्तर रुपये मैंने भेंट किए हैं, सिर्फ इसीलिए कोयले-सी काली और टूटती हुई रातें थोड़ी देर के लिए ही सही, पर चमन हो जाएं। उसकी बातें मेरी समझ में आ रही थीं, पर मेरी बातें वह नहीं समझ पा रहा था। मैंने साफ कह दिया कि मेरा मन कुछ और कहता है। उसे प्रतीक्षा करनी होगी!

होटल का बैरा खाना ले आया था। सामने की टेबल पर सजाया जाने लगा और शैलू एक सदगृहस्थ लड़की की तरह उठ-उठकर परोसने का इन्तजाम करने लगी। प्लेटों पर खाना लगा दिया गया तो उसने आवाज लगाई, "सा'ब, खाना लग गया!"

अब हम तीनों डाइनिंग टेबल पर थे। शैलू सलाद की प्लेटों पर रखे लाल टमाटर मेरी प्लेटों में ही अधिक रख रही थी। उसके गोरे हाथ सधे हुए से चल रहे थे। मैं खाना भूलकर उसे निहार रहा था। वह खिली हुई और खुश थी।

खातें समय हंसी-मजाक की बातें होती रहीं। शैलू उनका मजा लेती रही और एक घरेलू नाजुक लड़की की तरह पल-पल शरमाती रही। उसने अपनी कहानी, इसी बीच कई प्रसंगों में अपने-आप शुरू कर दी।

पहले वाले बंगले की मैडम उसकी सगी बड़ी बहन है, पर

है उसकी मां के बराबर। बहन कब इस व्यापार में आई, उसे पता नहीं है।

नेपाल की तराई में उसका घर था। मां-बाप बचपन में मर गए। फूफी ने पाल-पोसकर बड़ा किया। शैलू की चार बहनें और हैं। सभी उससे बड़ी हैं। फूफी लकड़ी के एक कारखाने में काम करती थी। एक दिन उसने काम छोड़ दिया और कारखाने के चौकीदार के घर रहने लगी। उसके साथ पांचों लड़कियां भी चली गईं।

चौकीदार का घर एक नाले के किनारे बांस की झोंपड़ी का बना एक छोटा-सा मकान था। शाम को वह शराब पीकर आया करता था और सारी बहनों के सामने फूफी से मुहब्बत रचाता था। फूफी का उस घर में रहना इसी शर्त पर था कि वह चौकीदार की मुहब्बत का जवाब कितने प्यार-भरे ढंग से दे सकती है। शैलू की उमर तब बहुत छोटी थी। वह न तो मोहब्बत का अर्थ समझती थी और न उन हरकतों के प्रति सजग थी। उस की बड़ी बहन फूफी की ही उमर की थी। इन हरकतों का असर उस पर अच्छा नहीं पड़ा। उसमें भी हसरतें थीं और इसके सिवा कोई चारा नहीं था कि वह अपनी गरीब और सूनी दुनिया से ऊपर उठकर आगे निकल जाए। बाद में पता चला कि उसने भी काम के बहाने एक हिन्दुस्तानी के साथ घूमना शुरू कर दिया है। यह घूमना-फिरना चलता रहा और वह एक दिन वहां से अचानक भाग निकली। साल-भर बाद पता चला कि वह कलकत्ता पहुंच गई है और अब मजे में है। बड़ी बहन हर महीने कुछ रुपये भी भेजने लगी। वह अक्सर दूसरों से चिट्ठियां लिखवाकर भेजा करती थी। उन सबमें यही लिखा होता है कि नेपाल की अपेक्षा यहां अधिक सुविधाएं हैं। अंगरेजों का तब राज था और वे शायद मनमाना पैसा दे जाया करते थे।

इससे आकर्षित होकर शैलू की तीन बहनें भी कलकत्ता पहुंच गई। तीनों जवान थीं और चौकीदार की हरकतों का शिकार हो चुकी थीं। कलकत्ता में आकर फिर उनका क्या हुआ, शैलू को पता नहीं है। बहुत समय बाद उसे यही पता चला कि एक बहन इंजन में कोयला झोंकने वाले एक अंगरेज खलासी के

साथ लंदन चली गई है। दूसरी सिंगापुर भाग गई। तीसरी···।

शैलू गम्भीर हो गई थी। बोली, "सा'ब, हमारा किस्सा दर्द-भरा है। सुनकर क्या करेगा आप? आपने पैसा खर्च किया है। सरस्वती ने आपका तारीफ की है। कहा कि सा'ब को खूब खुश करना, बेड़ा पार हो जाएगा। हम दुखी नहीं कर सकता।"

खाना खाकर हम फिर बैठक के कमरे में आ गए थे। मेरे मित्र की दिलचस्पी इस किस्से में नहीं थी। वह भला किस्से सुनने और सुनाने के लिए क्यों तैयार हो। लेकिन मेरे लिए बात कुछ और थी। मैं इस मौके को नहीं छोड़ सकता था।

मित्र उद्धत था। वह सिगरेट पीना चाहता था और मुझे सिगरेट लेने के लिए जाना पड़ा। मैं लौटा तो मैंने उन दोनों को कमरे में बन्द पाया।

थोड़ी देर में शैलू बाहर आई और सोफे पर बैठ गई। मैंने पूछा, "मनोहर कहां है?" वह जोर से हंसी। बोली, "बिस्तर पर है। अब वह सो जाएगा। चिन्ता मत करो···!"

मैंने शैलू को देखा। उसकी खिंचती हुई बड़ी-बड़ी काली आंखें, उभरते हुए चिकने गाल और खिलते हुए होंठ। उसी सोफे पर आकर मैं भी बैठ गया। मैंने उसकी पीठ पर हाथ रखा। बोला, "तुम तो बड़ी होशियार हो। अपने ग्राहक को खूब खुश करना जानती हो!"

उसने अंपना बायां हाथ मेरे कंधे पर रख दिया। बोली, "न होती तो आप यहां क्यों लाते?" उसने फिर हंसते हुए कहा, "सा'ब, आदमी का उफान बस इत्ता ही होता है। अब सारी रात वह खूब खर्राटे लेकर सोएगा।" मुझे खुशी हुई एक बाधा हट गई।

उसने अपना किस्सा तीसरी बहन के पास लाकर छोड़ा था। आगे उसका बढ़ना जरूरी था। मैंने बाहर घूमना ठीक समझा। उसका हाथ पकड़कर मैं उसे ऊपर की छत पर ले गया।

आसमान साफ था और उस में अनगिनत तारे चमक रहे थे। शैलू मेरे करीब थी, मेरे बहुत करीब। मेरे जिस्म के साथ लगी और इतनी बेहिचक थी कि उसे कहीं डर नहीं था।

शैलू को मैं देखता हूं और मुझे कैंडी बीच की वह लड़की

याद आ जाती है। एक ईसाई कोठे में मुझे मिली थी और चार लड़कियों के बीच वही अगरेजी बोल सकती थी। तीन अच्छी लड़कियों को छोड़कर भी मैंने उसी को चुना था और फिर तय हुआ था कि दूसरे दिन एक बजे ओपेरा हाउस के बस-स्टैण्ड पर उससे फिर भेंट होगी।

मुझे वह नियत समय पर स्टैण्ड पर मिल गई थी। एक होटल हमने रिजर्व किया था। उसी में सारा वक्त गुजरा। तब मैंने देखा था कि वह एक हाथ से लूली है तब भी वह बड़ी मायूस और मासूम है। उसके भीतर एक दर्द है और वह तीन बच्चों के उन दो बापों को कोसती है, जो उसकी जिन्दगी में रेलगाड़ी की तरह आकर चले गए। वह तब भी एक स्टेशन बनी वहीं खड़ी रही और इस तरह के कामों का उसे सहारा लेना पड़ा। वह अपने ग्राहकों को खुश करना सीख गई थी और इसलिए उनसे और पैसे भी खींच लेती थी। लेकिन तब भी उसकी खुली हुई आंखें रोती थीं।

मुझे उस दिन दुख हुआ था। वह जितनी भोली और सीधी दिखाई देती थी, थी नहीं। किसी भी छंटी हुई वेश्या से कम नहीं थी, वरना दो घंटे देर तक रहने के बदले वह मुझसे उतना पैसा न वसूल लेती जितना उसने पांच घंटे में वसूला था।

वह मुझे चुप करके ही नहीं मानी, एक टैक्सी पर अंधेरी तक मुझे उसको पहुंचाना पड़ा। टैक्सी की पीछे की सीट पर मुझसे सटी हुई बैठकर वह तब भी हंसती रही। अपनी नंगी कलाइयां मेरी कलाइयों से रगड़ती रही और बातों के आवेग में आकर मुझे चूमती भी रही, पर मुझे हर समय ऐसा लगता रहा, जैसे एक भारी जोंक का ठंडा जिस्म मेरे खून से चिपक गया और किसी नस को फाड़कर तेजी के साथ मेरा खून पीता जा रहा है।

मैं नहीं भूल सकता उसे। एक हंसती—खिलखिलाती और निहायत मासूम तरीके से बातें करने वाली, अपनी दर्द-भरी पीड़ा से कराहकर आंसू बहाने वाली सीधी-साधी औरत। वह सब कुछ थी, पर औरत नहीं थी। जब औरत थी तो और कुछ नहीं थी। और जब कुछ और थी तो हथेलियों पर फिसलने वाली चांदी की केवल एक चवन्नी थी।

मैंने शैलू को देखा। पल-भर के लिए दहल उठा। अंधेरी रात में उसका चमकता हुआ चेहरा थोड़ी देर के लिए चमकती हुई चवन्नी की तरह घूम गया।—नहीं, यह भी वही होगी, सब एक ही कारखाने की 'प्रोडक्ट' हैं। एक ही मशीन से सब बनती हैं। मुझे समझदारी से काम लेना चाहिए। मैं उठकर खड़ा हो गया। शैलू ने पूछा, "क्यों? क्या हो गया? मुझसे कोई गलती हो गई? आपकी कोई बात नहीं मानी, बताइए!"

शैलू ने मुझे पकड़ लिया। बोली, "सरस्वती ने आपको आदमी नहीं फरिश्ता कहा है। आप हैं भी। कौन इतनी ईमानदारी से पेश आता है! हमारा धंधा वरना और है क्या···।"

शैलू फफक-फफककर रो पड़ी। वह संभलकर खड़ी हो गई बोली, "सा'ब, नीचे चलिए। आप मुझे इसके लिए थोड़े लाए हैं। आपने पैसे खर्च किए हैं। मैं बहक गई हूं। आपको परेशान करने लगी हूं!"

रात भीगती जा रही थी। सन्नाटा बढ़ गया था। हम नीचे आए तो पानी भी गिरने लगा। आधी रात के समय गिरता हुआ यह पानी मुझे अच्छा लगा। बन्द कमरे में टेबल-लैम्प की छाया के नीचे बस, हम दो ही थे और इस तरह बातें कर रहे थे, मानों जिन्दगी-भर के सुख-दुख के साथी हों। शैलू की तीसरी बहन का अधूरा किस्सा दुखदायी था। वह नेपाल से भागकर कलकत्ता आ गई थी। सोनागाछी में व्यापार करती थी। शैलू की तरह वह भी खूबसूरत थी और उसके चाहने वाले बहुत थे। सोनागाछी के जिस कोठे में वह रहती थी, उसकी मालकिन ने कई सुविधाएं दे रखी थीं। उसे रोज रात को केसर पड़ा दूध पीने को मिलता था। सुबह एक दाई आकर सरसों के तेल की मालिश करती थी। उसकी हिफाजत सबसे ज्यादा होती थी। वही सबसे अधिक कमाई भी किया करती थी। वह खुश थी और अपने ग्राहकों को उससे अधिक खुश करना जानती थी। शैलू तब नेपाल में थी। उसे यह कुछ पता नहीं था कि कौन क्या करता है। उसकी बड़ी बहन भी कलकत्ता में रहती थी, पर इस तरह नहीं। एक अंगरेज अफसर ने उसके लिए घर ले दिया था। उस घर में वह अलग और अकेली रहती थी। उसकी देखभाल के लिए दो नौकर थे। एक झब्बेदार सफेद कुत्ता

अंगरेज साहब ने पाल रखा था। अंगरेज अफसर दिनभर नौकरी करते और शाम को वहां आ जाया करता था। वहीं लॉन में बैठकर अपने दोस्तों के साथ शराब पीता था। बड़ी बहन को भी शराब पीनी पड़ती थी और धीरे-धीरे उसे अच्छी भी लगने लगी थी।

छोटी बहन के साथ एक दिन बुरा गुजरा। तीन पठान वहां आए और किराया देकर उसे अपने साथ ले गए।

शैलू ने मेरी ओर देखा। मुझे लगा, वह शायद यह कहना चाहती है, जैसे मैं आज लाया हूं। मैंने उसके सिर पर एक हल्का-सा चपत लगाया तो वह जोर से हंस पड़ी। बोली, "मैं तो पठानों की बात कर रही हूं।" उसके चेहरे पर शरारत झलक उठी और उजाले में चमकते हुए उसके दांत मुसकुरा उठे। उसने कहा, "वे पठान उसे कहीं दूर ले गए। वहीं सात-आठ पठान और आ गए। दो दिनों तक सबने मिलकर मेरी बहन के साथ मनमाने अत्याचार किए। फल यह हुआ कि उसकी हालत खराब हो गई। वह चीखने लगी तो एक पठान ने अपने छुरे से उसकी हत्या कर दी।"

हत्या की बात करते ही शैलू कांप उठी और मुझसे लिपट गई। वह सचमुच कांप रही थी। उसने कहा, "सबने मिलकर मेरी बहन के टुकड़े-टुकड़े कर दिए थे।"

तीसरी बहन की हत्या की खबर जब उसे मिली, तब वह कलकत्ता आई। अपनी बड़ी बहन के पास आकर रहने लगी। पर बड़ी बहन को जल्दी ही वहा से जाना पड़ा। अंगरेज लंदन वापस जा रहा था। उसने बड़ी बहन को एक फौजी कैम्प में भेज दिया। शैलू को फिर नेपाल आना पड़ा। फौजी कैम्प में रहकर शैलू की बहन को सैनिकों का मनोरंजन करना पड़ता था। वह मनोरंजन दल की प्रधान थी। उसके नीचे दस-बारह औरतें और थीं। इन सबका काम हर तरह से सैनिक अफसरों की खातिर करना था। हर अफसरों के साथ बैठकर वे शराब पीती थीं और फिर उन्हीं के साथ रात भी गुजारती थीं।

शैलू की बहन इससे खुश थी। उसने अपने मन और शरीर को इस नये धरम के अनुकूल ढाल लिया था। वह वहां से अक्सर चिट्ठी लिखा करती थी। शैलू को पढ़ना आता नहीं था।

वह दूसरों से पढ़वाया करती थी। चिट्ठी में वह लिखा करती कि नया काम बड़ा आसान है। इससे अच्छा और काम नहीं है। बड़े-बड़े अफसरों का साथ मिलता है और ऊंची शराबें रोज पीने के लिए मुफ्त दी जाती हैं। कई साल तक वह यह काम करती रही। फिर वह फौजी अड्डा खतम हो गया और उसे निकाल दिया गया।

वहां से वह बम्बई आ गई। यहां आकर उसने वही पेशा अपनाया। पर अब अंगरेज अफसर नहीं थे, आम लोग आया-जाया करते थे। वह तब भी खुश रहीं। उसने तब लिखा था कि यह नया धन्धा और अच्छा है। फौजी अफसरों के लगाए बधन नहीं हैं। जरा-सा मुसकुरा दो और अच्छी कीमत वसूल कर लो।

शैलू को यह बात अजीब लगती थी। न जाने वह कैसा धन्धा है, जिसमें मुसकुराने-भर से अच्छी कीमत मिल जाती है। वह चाहती थी कि बहन के पास जाए और इस बड़े आसान धन्धे को देखे और उसमें हाथ बटाए। पर बहन आने नहीं देती थी। उसने एक अच्छे व्यापारी को फांस लिया। उसके पास चोरी से रुपया जमा करती रही। उस कोठे की मालकिन एक मैडम थी और दिन-रात कांव-कांव करती रहती थी। रोज लड़कियों की अंटी देखा करती और जो पैसा उनके पास होता, छीन लेती थी। शैलू की बड़ी बहन ने उसी कोठे के एक छोटे-से नौकर से दोस्ती कर ली थी। उस नौकर को कोई नहीं पूछता था और मैडम तो कई बार झाडुओं तक से उसे पीटा करती थी। उसकी बहन तब उस पर रहम करती और दर्द के दिनों में उसके साथ सोने तक में न हिचकती। इसके बदले वह उसके और व्यापार के बीच का लेन-देन किया करता था।

धीरे-धीरे उसने पैसा जमा कर लिए। और अब अपना कारोबार खुद चलाने लगी। वह तब बूढ़ी हो गई थी, पर खुश थी। उसी ने शैलू को यहां बुलाया। शैलू ने बताया कि यहां आकर पहली बार व्यापार के राज का पता लगा। तब उसने जाना कि उसे सचमुच ही मुसकुराने की ही कीमत मिलती है। देह को और धरम को भूल जाओ तो सचमुच कोई दर्द भी नहीं होता। पहले-पहल उसे बड़ा अजीब लगा था। उसने अपनी

आंखों से कई नजारे देखे। कमरों में बन्द औरतों के ठंडे और नगे जिस्म पर मर्दों को सोते हुए देखा। सोकर उठने के बाद उसने उन्हीं औरतों के मुंह से राम-कृष्ण का नाम लेते सुना। लक्ष्मी की तसवीर के सामने बहन को हाथ जोड़कर प्रार्थना करते उसने रोज ही देखा है। बहन लक्ष्मीजी की आरती उतारती है। तब सारी लड़कियां उसे घेरकर खड़ी हो जाती हैं। सब आरती गाती हैं। फिर बहन आंख मूंदकर हाथ जोड़कर प्रार्थना करती है, "हे देवि, दुनिया का हर मर्द तनदुरुस्त और ताकतवर बना रहे। उसके यहां रुपयों-पैसों की वर्षा होती रहे और उसकी जिन्दा हरकतें सदा हमारे आंगन में फूटकर बरसती रहें।"

शैलू ने मेरी ओर देखकर पूछा, "क्यों सा'ब, लक्ष्मी क्या सचमुच प्रार्थना सुन लेती है?"

मैंने कहा, "यह तो तुम्हीं बता सकती हो।"

उसने कहा "तब तो जरूर सुनती है। बहन ने सब लड़कियों की फीस बारह रुपये से बढ़ाकर बीस रुपये कर दी और तब भी हमारे व्यापार में किस तरह की कमी नहीं आई।"

मुझे हंसी आ गई। मैंने शैलू को ओर देखा। उसके चेहरे के भाव पढ़ने चाहे। उस समय वह मुझे एक ठेठ वेश्या की तरह लगी। बेहिचक, बेशरम, वह कह गई। मैंने पूछा, "तुम्हें व्यापार पसन्द है?"

उसने कहा, "अब तो बाप-दादों का धन्धा हो गया है। पहले बड़ा दर्द होता था। मेरी रग-रग दुखा करती थी। खुली रोशनी वाले कमरे मुझे काटते थे। लगता था अधेरे के मुंह से चिनगारियां निकल रही हैं। दीवारों में मुझे खिलखिलाती हुई काली दरारें दिखाई देती थीं। कमरों से सड़ी हुई मछलियों की तरह दुर्गंध आया करती थी। मर्दों के पसीने की गध सड़े हुए कीड़े की तरह मुझे काट जाती थी और कई बार उनकी कलाइयां पिल-पिले सांप की तरह बेहूदी डरावनी लगती थीं, पर अब सब कुछ बदल गया है।" उसने मेरी ओर देखकर कहा, "एक टीस जरूर उठती है। आदमकद शीशे के सामने अपनी नंगी देह को देखकर अब भी मैं खुश होती हूं। पर तब सोचती हूं कि मेरी बहन भी तो इतनी ही नरम और सुन्दर थी। पठानों

ने उसका खून कर दिया। और मेरे साथ भी न जाने कब क्या हो जाए? कब कौन ले जाए और···"

मैंने हंसते हुए कहा, "जैसे मैं लाया हूं। और चाहूं तो मैं भी खून कर सकता हू···।"

उसने मेरी नाक दबा दी और अपनी नाक को ऊपर उठाते हुए बोली, "तुम खून नहीं कर सकते!"

"खून करने वालों के माथे पर कुछ लिखा रहता है?"

"माथे पर ही नहीं, हर जगह।"

"इतनी जल्दी, सब सीख गई!"

"हां, पर अभी तो नई हूं। और हर काम में मजा आता है।"

शैलू इतना कहकर एक निहायत घरेलू औरत की तरह शरमा गई। अपना मुंह उसने अपनी हथेलियों में छिपा लिया और मुसकुराकर मेरे सामने बैठी रही। मैंने उसकी हथेलियां अलग की तो चेहरे को लाल पाया।

शैलू ने अंगड़ाई ली और साथ ही लम्बी जम्हाइयां। मैंने पूछा, "नींद आ रही है क्या?"

"हां, बुरी तरह। आपकी बेबी अब सोना चाहती है।"

उसने बड़ी चपलता के साथ कह दिया और वहीं लेट गई। सीधे लेटकर उसने हथेलियां अपने चेहरे पर रख लीं और बोली, "बाकी बातें सवेरे होगी। तब आपका वह दोस्त भी जाग जाएगा। गनपत भी सवेरे आ जाएगा। आप सो जाइए। मुझे अब यह रोशनी अच्छी नहीं लगती।"

शैलू ठीक कहती थी, अभी तो उसकी हरकतों के दिन हैं। अल्हड़ और जोश-भरे जिस्म में छोटे-मोटे घावों का क्या असर।

तेरह

सोमवार को सुबह···

कोई दस बजा होगा। वरली सी-फेस पर खड़ा मैं उसका इंतजार कर रहा था। असली में मुझे दो लोगों का इंतजार था—रिंकी का और गनपत का। गनपत कई दिनों से नहीं मिला था और रिंकी परसों मिली थी।

एक घंटे बाद गनपत आ गया। आज उसके ढंग निराले थे। वह टाई लगाये था और पूरा सूट पहने था। उसे यूं देख-कर मुझे सहसा भरोसा नहीं हुआ। आते ही उसने तपाक से हाथ मिलाया। हाथ मिलाते समय वह मुसकुराता रहा। फिर वह संभल गया। वह अपनी स्थिति जानता था। बोला, "कैसे हैं, आप?"

मैंने कहा, "घंटे-भर से खड़ा हूं।" उसने कहा, "मैंने तो यही समय दिया था, परन्तु...।"

गनपत अचरज से मेरी ओर देखने लगा। मैं चुप हो गया। उसी समय 'बेस्ट' की एक नई लाल बस आगे के स्टॉप पर रुकी और उससे जो तीन लोग उतरे, उनमें रिंकी भी थी। उत-रते ही उसने हाथ हिलाया और हमारी ओर बढ़ी। रिंकी भी आज गनपत की तरह बदली हुई थी। वह हैंडलूम की साड़ो पहने थी और उसके सिर पर हरे रंग का स्कार्फ था। ऊंची ऐड़ी की सैंडलों में उसकी यह नई खूबसूरती और ही थी! वह पास आई तो उसके पैर सहसा रुक गए। गनपत की तरफ देखते ही उसके चेहरे का रंग सफेद हो गया। गनपत का चेहरा मेरे आगे था, और मैं केवल उसकी पीठ देख पा रहा था। गनपत ने तुरन्त ही रिंकी से हाथ मिलाया और बोला, "कैसी हो तुम, बेबी!" रिंकी ने मुसकुराते हुए कहा था, "अच्छी हूं।" फिर दोनों मेरे सामने थे। मेरे लिए बड़े अचम्भे की बात थी यह—दोनों एक दूसरे को जानते हैं। उस दिन गनपत का लोहा मैं और मजबूती से मान गया। यह अजीब आदमी है। सारा शहर इसकी मुट्ठी में है। कहीं कुछ छिपा नहीं है। बम्बई की हर लड़की इसके आगे खुली है!

हम एक छोटे-से होटल में जा बैठे। होटल गंदा और नंगा था। बाहर दो तीन बेंचें पड़ी थीं, बस। यहीं बैठकर हमने कोकाकोला पिया और कई बातें कीं। पता चला कि गनपत रिंकी को जमाने से जानता है।

कोकाकोला पीते हुए गनपत की नजरें घूमती रहीं और मैं मान गया कि इस आदमी की नजरों में हजार रोशनियों की ताकत है। वे तीर की तरह देखती हैं और एक बार में ही सब भांप लेती हैं। उसने मुझे इशारा किया और थोड़ी दूर ले गया

मेरे कानों में फुसफुसाते हुए उसने कहा, "सा'ब, ये लड़की तो गिया काम से।"

मैंने इसका मतलब पूछा तो उसने मुझे हजार लानतें भेंजी। उसने अपनी अजीब-सी रोशनदान आंखों से मुझे देखा और कहने लगा, "सा'ब, आपको ऐसी गलती कभी नहीं करना चाहिए था।"

मैंने मुसकुराते हुए गनपत को समझाया कि यह मेरी गलती नही है। गलती उसीकी अपनी है, जो उसने खंडाला में की है। पर मुझे वह अपना दोस्त समझती है और भरोसा करती है। उसने खुली तरह से अपनी गलती मंजूर कर ली है और अब मेरी मदद चाहती है। मुझे हर चाहने वाले की मदद जरूर करनी चाहिए।

गनपत ने मेरी बात नहीं मानी। उसे भरोसा कम हुआ, पर भरोसा दिलाने का कोई और रास्ता नहीं था। फिर मैंने यह भी सोचा कि गनपत के सामने इसकी जरूरत भी नहीं है। वह मेरी गलती मानता है, तो यही सही। मैंने कहा, "दोस्त, जो हो, लड़की नाजुक और मासूम है। इसकी हिफाजत करना जरूरी है।"

मेरी खातिर गनपत यह बात मान गया।

उसने तुरन्त कहा, "हां सा'ब, आपुन का तो बिजनेस येयी है! पर सा'ब क्या मिलेगा˙˙˙?"

गनपत पक्का बिजनेसमेन निकला। मुझसे भी सौदा करने में वह बाज नहीं आया। तब भी मुझे वह अच्छा लगा। यह साफगोई हर स्थिति में अच्छी है। मैंने बिना पूछे उसके हाथ में दस रुपये का एक नोट रख दिया। उसे देखकर गनपत की रोती आंखों में पारे की चमक उतर आई। उसने कहा, "सा'ब इत्ता नयीं। आपसे आठ मांगता, बस्स!" मतलब ये हुआ कि गनपत मुझे दो रुपये वापस करेगा और यह बात अपने आप में बहुत भारी है। उसके साफ और नेक इरादों पर मुझे खुशी हुई: मैंने उसकी मुट्ठी बन्द करते हुए कहा, "दो रुपयों का हिसाब फिर हो जाएगा, गनपत!" गनपत मुसकुरा दिया।

वहां से लौटकर हम आए तो रिंकी की नजरों में परेशानी थी। उन्हीं परेशान नजरों से उसने मुझे देखा और शायद कहा

कि क्या ऐसा नहीं हो सकता कि इस व्यापार के बीच में गनपत माध्यम न रहे। मैंने रिंकी को हाथ पकड़कर उठाया और कहा, "गनपत अपना आदमी है, रिंकी। इसपर तुम्हें मेरी तरह ही भरोसा करना चाहिए।"

हमने एक टैक्सी ली और वरली सी-फेस से चल पड़े। परेल की दो-तीन छोटी सड़कों के बाद एक संकरी सड़क पर जाकर गनपत ने टैक्सी रुकवा दी। वहां से उतरकर हम एक फर्लांग पैदल चले। सड़क गंदी और छोटी थी। किसी जमाने में वहां ट्रामें चलती रही हैं। पातें अब भी बिछी थीं। कोयले के चार-पांच बड़े 'टॉल' थे और कोयले की धूल सड़क पर छाई हुई थी। थोड़ा आगे चलकर दाईं ओर एक गली मिली और गली के नुक्कड़ पर एक बोर्ड लगा था, 'मिस सरोजनी परेरा, मिडवाइफ एण्ड क्लिनिकल कन्सल्टेंट'। उसके बाद ऐरो बना था। दो घरों के बाद तीसरे घर में जाकर ऐसे खतम हो गया और दरवाजे पर पड़ी बांस की एक चटाई के सामने हम खड़े हो गए। घंटी बजाते ही एक लड़की बाहर आई। आते ही उसने गनपत से 'गुडमार्निंग' की और मुसकुराकर पूछा, "कैसे है, अंकल?"

गनपत ने जवाब भी दिया और पूछा भी, "मैडम हैं?" उसने 'हां' कहा और हमें भीतर बुलाकर एक कमरे में बैठाल दिया। कमरे में लोहे की बहुत साधारण-सी सात कुर्सियां थीं। एक छोटा टेबल था और उसपर कुछ दवाएं तथा एक-दो पैड पड़े थे। कमरे से अस्पतालों से आने वाली आम गंध आ रही थी।

उसी समय एक औरत कमरे में आई, मोटी और भद्दी! उसे देखते ही गनपत खड़ा हो गया तो हम दोनों भी खड़े हो गए। गनपत ने पहले मेरा परिचय कराया। उसने अपना हाथ आगे बढ़ा दिया। मुझे हाथ मिलाना पड़ा। मुझसे हाथ छुड़ाकर वह रिंकी की ओर बढ़ी तो मुझे भय लगा। रिंकी कोई ऐसी समझदार लड़की तो है नहीं, जो चुप रह जाए! वह हाथ छुड़ा सकती है और वहां से भाग भी सकता है! मुझे खुशी हुई उसने रिंकी से हाथ नहीं मिलाया। हमारी ओर मुसकुराकर देखते हुए उसने कहा, "हम पेशेंट से हाथ नहीं मिलाता!"

बिना कुछ कहे उसने अपना पेशेंट ढूंढ़ लिया! रिंकी की

ओर सख्त नजरों से उसने देखा और कहा, "कमरे में चलो!" वह चली गई।

आधा घंटे बाद मिस परेरा बाहर आईं। हमें बुलाकर पास वाले कमरे में ले गईं। वहां रिंकी पहले से ही बैठी थी। हमारे अन्दर आते ही उसने दरवाजा बन्द कर दिया। मिस परेरा ने पंखा खोलते हुए अंग्रेजी में कहा, "बहुत देर कर दी तुम लोगों ने! मेरा एक सुझाव है।"

मैं सतर्क हो गया। रिंकी पहले से ही शायद घबराई हुई थी। वह दबी-दबी-सी बैठी थी। उसकी चमकदार आंखें एका-एक बुझ गई थीं। और उसने अपने दोनों हाथ छातियों के सामने बांध रखे थे। मिस परेरा ने हमें सुझाव दिया कि रिंकी को हम तीन-चार महीने के लिए वहीं छोड़ दें। उसे कोई तक-लीफ नहीं होगी। इस बीच वह अपने आप ठीक हो जाएगी और उसके बच्चे को मिस परेरा अपना बच्चा समझकर स्वी-कार कर लेगी। यह राज कभी किसी को पता नहीं चलेगा। उन्होंने जोर देकर समझाया कि इतनी अच्छी लड़की का बच्चा भी खूबसूरत होगा और ईशू का कहना है कि, 'आने-वाली हर आत्मा का स्वागत करना चाहिए!' वह इस लड़के को ईशू को भेंट कर देगी और रिंकी को कभी कोई परेशानी नहीं होगी।

रिंकी ने अपनी दोनों हथेलियां दोनों कानों पर रख लीं और जोर से चिल्लाई, "मुझे मां नहीं बनना, नहीं बनना, मां नहीं···!" रिंकी एकाएक धम्म से नीचे गिर पड़ी और बेहोश हो गई।

पन्द्रह मिनट बाद रिंकी को होश आया। मिस परेरा ने उसे दवा सुंघाई और ताकत के लिए एक इंजेक्शन दिया। रिंकी फिर सम्हलकर बैठ गई और जोर-जोर से सांस लेने लगी। मिस परेरा ने निहायत आसान और सरल तरीके से रिंकी को समझाया कि उसे एक तो ऐसी गलती नहीं करनी थी! दूसरे इतने दिन यूं बेखबर नहीं रहना था और तीसरे, अब जो हो गया है, उसे साहस के साथ झेलना भी चाहिए। मिस परेरा ने इस बीच रिंकी की कलाई में बंधा 'क्रॉस' वाला लॉकेट देख लिया था। वह इसलिए भी उसे ईशू के नाम पर कई बातें समझा

रही थी। उसी समय उसने मेरी ओर देखकर कहा, "यंग-मेन तुम तो समझदार हो! दो महीने पहले क्यों नहीं आ गए?"

मैंने मिस परेरा से तब साफ-साफ बातें करना उचित समझा। मैंने पूछा, "डाक्टर, क्या इस हालत में कोई बड़ा खतरा पैदा होगा?"

मिस परेरा ने अपने दोनों हाथ फैलाते हुए कहा, "कोई खतरा नहीं। हम तो इससे भी आगे का केस देखता हैं! पर तुम समझता क्यूं नहीं। हमको एक बच्चा चाहिए, एक खूबसूरत बच्चा! और इससे भी खूबसूरत बच्चा हमारे को कहां मिलेगा!"

रिंकी को असल बात समझ में आ गयी। बोली, "परेरा, तुमको बच्चा चाहिए तो तुम भी पैदा कर सकता है!"

"हां," परेरा ने कहा, "पर हमारा बच्चा!" और वह खूब जोर से हंसी। हम सब भी उसकी हंसी में शामिल हो गए। कमरे का वातावरण ही बदल गया। मैंने मजाक करते हुए कहा, "मिस परेरा, रिंकी ठीक कहती है!"

मिस परेरा ने तुरन्त उत्तर दिया, रिंकी को तुम्हारा जैसा दोस्त मिला है न, इससे वो ठीक कहता है! आपुन तो... !" परेरा के शब्द अपने आप टूट गए और चेहरे पर एक बड़ी मजबूरी तैर गई। उसका सख्त चेहरा कांच की तरह टूट गया। वह एक औरत की शक्ल में नीचे उतर आई। उसके होंठ शरमाते हुए कांपते से जान पडे। उसके गहरे काले गालों में घुआंरी चमक तैर गई। निश्चय ही वह मिडवाउफ मिस परेरा नहीं रही! वह केवल एक लड़की रह गई, जो 45 साल की उमर हो जाने पर भी 'मिस' है और जिसे मां बनने की बेहद चाह है।

अब मिस परेरा को अंतिम फैसला करना था। वह उठकर खड़ी हो गई और बोली, "तुम बाहर आएगा!" उसने दरवाजे की चटखनी खोली और मैं उसके साथ बाहर आया। बरामदे के एक कोने में उसने मुझे बहुत समझाया कि रिंकी को मैं किसी तरह तैयार कर लूं। मैं नहीं माना, तो वह मेरे बहुत करीब आ गई। बोली, "तुम एक बात हमारी भी मानेगा!" मैंने प्रश्नवाचक दृष्टि से उसके चेहरे को देखा, जो उस समय एक

मासूम लड़की की तरह नरम और शरमाया हुआ था। उसने कहा, "वो मां नयीं बनना चाहता, पर हम मां बनना चाहता है! एक पूरा मा! मरियम की तरह ईशू का मां!!" मिस परेरा ने अपने दोनों हाथ मेरे कंधे पर रख दिए। मैंने आस-पास देखा। रिंकी कहीं इस हालत में मुझे देख ले तो हजार लानतें भेजे बिना नहीं रहेगी। मैंने उसका हाथ उठाया और कहा, "ईशू तुम्हारा मरजी पूरा करेगा!"

वह जोर से हंसी और हाथ मिलाते हुए बोली, प्रामिस!" मैंने हल्के से हाथ मिलाया और जान छुड़ाते हुए बोला, "हां!"

मिस परेरा बेहद खुश हुई। वह उसी प्रसन्न मुद्रा में भीतर आई। रिंकी के कंधे पर हाथ रखकर बोली, "नादान लड़की, परेशान मत हो। एक हफ्ते के भीतर सब ठीक हो जाएगा और हम तुमसे इसका कोई फीस भी नहीं लेगा। मुफ्त एकदम मुफ्त!"

रिंकी खुश होकर खड़ी हो गई। उसने मिस परेरा से हाथ मिलाए, "थैंक यू!" गनपत भी खड़ा हो गया था। हम सब बाहर आए। मिस परेरा ने कहा कि हम कल शाम को रिंकी को यहां छोड़ दें। चार-पांच दिनों के बाद वह बिलकुल ठीक हो जाएगी।

बाहर बत्तियां जल चुकी थीं। गनपत को अपने धंधे में जाना था। वह वहीं से विदा होना चाहता था। मैं उसे अलग ले आया। उसे मैंने सारी बातें समझाईं। मिस परेरा की नीयत भी साफ कर दी! मैंने गनपत को आगाह किया कि रिंकी को उसे ही अटेंड करना होगा। मैं इस क्लीनिक में दुबारा नहीं आऊंगा। परन्तु रिंकी का काम हो जाना चाहिए। मिस परेरा के लिए मैं कुछ दिनों को बीमार हो जाना पसन्द करूंगा। गनपत खूब हंसा। फिर उसने सारी जिम्मेदारी ओढ़ ली और चला गया।

टैक्सी में बैठकर जब हम दोनों, मैं और रिंकी, कोलतार की भीड़-भरी सड़क से गुजर रहे थे तो दोनों एक-दूसरे को केवल देख रहे थे।

टैक्सी से उतरते हुए रिंकी ने मेरे ओंठ चूपे और कहा, "सांस के दरवाजों में कोई टुकड़ा यदि अटका रहेगा, तो वह केवल यही होगा!"

चौदह

शाम को आपेरा हाउस के सामने गनपत मिला। आते ही उसने रोज की तरह सलामीं दी। आज भी गनपत का लिबास बदला हुआ था। मैंने उसकी तारीफ की। बहुत लजाते और शरमाते हुए गनपत ने एक नाम लिया, गुलाबो! केंडी-ब्रिज के नीचे रहती है। एक अमेरिकन आया था और गनपत ने उसे गुलाबो के हवाले कर दिया। उतरती अधेड़ उमर में बेचारी को कौन पूछता था? अमेरिकन मनचला था और दो घण्टे बाद ही उसका जहाज करांची के लिए रवाना होने वाला था, वह इन दो घण्टों को खूब वसूलना चाहता था और गुलाबो जमाने के बाद लौटी हुई फिजाओं को अपनी सख्त मुट्ठी में जकड़कर रखना चाहती थी। दो घण्टे में उसने अमेरिकन को काट लिया। शराब और गुलाबी आंखों ने पतंग के धागे में लगे कांच के मंझे का काम किया और वह अपना पूरा जेब वहीं उलटकर चला गया।

गनपत की आंखें शरारत से झुक गईं। उसने कहा, "सा'ब कहिए तो उसे दिखा दूं।"

"नहीं," मैंने कहा, "मैं तो रिंकी के लिए यहां ठहरा था। कल वह तुम्हारी तारीफ कर रही थी। कई दिनों के बाद निकली है। आज ऑपेरा हाउस के सामने उसने मिलने को कहा था।"

गनपत जोर से हंसा। इतने जोर से कि बस-स्टॉप पर खड़ी औरतें भी उसकी ओर देखने लगीं।

फिर उसने पूछा, "सा'ब, रिंकी ने कितने बजे आने को कहा?"

मैंने घड़ी देखी। बोला, "सात बजे को।"

"ओफ!" उसने कहा, "आठ बजेला है अभी। क्या सा'ब बेवकूफ का माफिक तुम एक घण्टा बरबाद किया। वो सात का बोला था न, तुम कूं आठ पर आने को चाहिए। पर सा'ब···।" गनपत ने अपनी आंखों से कुछ ऐसा इशारा किया, जैसे एक घण्टा रुककर मैंने बड़ी गलती की है। उसने मेरा हाथ पकड़ लिया और आगे ले चला।

दस कदम के बाद ही ऑपेरा हाउस के नुक्कड़ पर एक औरत मिल गई। काली, बदसूरत और मुंह में बड़ा-सा पान ठूसे। सफेद साड़ी और सफेद ब्लाउज पहने थी। उसकी सुर्ख काली देह पर चूने की पुताई की तरह ये कपड़े दिख रहे थे। गनपत को देखकर वह खड़ी हो गई। गनपत ने पूछा, "कैसी हो?"

"अच्छा है!" और तू···।"

"आपुन कब बिगड़ता है!"

उस औरत ने फिर मेरी ओर देखा। मुझे घिन हुई। मैंने आगे बढ़ना चाहा तो उसने गनपत से पूछा, "बाबू तुमेरे साथ है?"

"हां, पर तेरा माफक लड़की बाबू को नयीं चलेगा। समझा!" गनपत ने आंखें तरेरते हुए कहा।

मुझे बताया गया कि उस औरत का नाम जाजो है। बाद में यह भी मालूम हुआ कि वह अंधेरी में रहती है। झुग्गियों में उसका घर है। उसके तीन लड़के हैं—दो लड़कियां और एक लड़का। लड़की चौदह साल की है और जाजो उसे ही अब बंगाली बनाकर भुनाना चाहती है। लड़का बीमार है। टायफायड हो गया है। बुखार 104 से नीचे नहीं उतरता और जाजो के पास पैसा नहीं है, दवा लाने के लिए। गनपत ने सब बातें ध्यान से सुनीं। फिर उसने अपने नये सूट की जेब से तीन रुपये निकालकर दो रुपये जाजो को दिए। बोला, "ले, और चर्नी रोड से अभी लोकल पकड़ और सीधे घर जा। लड़का बीमार है तो फिकर नयीं करता··लड़की बीमार होता तो दारूवाले के पास भी चला जाता—और कुछ न मिलता तो अट्ठन्नी तो ले ही आता—जाजो, लड़का है। बचा ले! वही तुझे बचाएगा। अपनी उमर देख!" जाजो की आंखों में पानी आ गया। वह कुछ नहीं बोली और चर्नी रोड की तरफ चली गई।

गनपत के साथ मैंने सड़क पार की और दूसरी ओर हम लोग पहुंच गए। वहां से पीछे लौटे। पैट्रोल पम्प के सामने 'रॉक्सी' सिनेमा के पास से एक दूसरी सड़क बाईं ओर जाती है। उसी पर हम लोग चल पड़े। थोड़ा आगे जाने पर ही गनपत

रुक गया। 'सी-ग्रीन' का बोर्ड लटक रहा था। गनपत ने उस ओर देखते हुए कहा, "सा'ब, कभी दो हर को फुरसत रहता?" मैंने उत्सुक होकर पूछा, "किसलिए?" उसने कहा, "सा'ब, इयो एक जगह है। आपको दिखाने कूं मंगता। आप जैसा साहब लोग के लिए इससे बढ़िया जगह नहीं है। पर साला दोपहर को ही चलता है!"

तय हुआ कि कल दो बजे इसी जगह मिला जाए।

गनपत को भूख लग रही थी। सवा नौ बज चुका था। ऑपेरा हाउस की दुकानें कब की बन्द हो चुकी थीं।

गनपत ने मुझसे खाने के लिए नहीं कहा। यह उसकी विवशता थी। मैंने उसे देखा। उसके चेहरे पर उदासी और सूखापन साफ दिखाई देता था। उसने मेरा हाथ पकड़ा और दो कदम चलकर ठहर गया। हम पत्र पत्रिकाओं की दूकान पर पहुंचे। पत्रिकाओं की दूकान वाला भी गनपत को जानता था। उसने नमस्ते की, तो गनपत ने कहा, "पांडु, सा'ब को अच्छा-अच्छा माल दिखाओ।"

पांडु ने एक टूटी सी पेटी खोलकर उसकी पत्रिकाएं अलग कीं और नीचे से चार-पांच पत्रिकाएं निकालकर मेरे हाथ में थमा दीं। वहीं एक गली-सी थी। उसने उसमें मुझे खड़ा कर दिया और एक इमारत की सीढ़ियों को हाथ से साफ कर उसने कहा, "सा'ब, बैठ जाइए और मजे में देखिए!"

पत्रिकाएं अजीब थीं। ऊपर के कवर से लेकर भीतर तक! फ्रांस/और पेरिस में वे छपी थीं और उनमें काम-मुद्राएं सचित्र और सक्रिय होकर दिखाई गई थीं। दो-तीन पत्रिकाएं मैं लौट गया। अगली खोली तो चूड़ियों की आवाज ऊपर से आई। दो जवान लड़कियां सीढ़ियों से नीचे उतर रही थीं। मैं उठकर खड़ा हो गया और चुराई हुई नजरों से मैंने उन्हें देखा। दोनों खूबसूरत थीं। खूब सजी थीं। चेहरे पर रूज और पाउडर पुता था। ओंठ लिपस्टिक के कारण खूब चमक रहे थे। दोनों लड़कियां अपनी काली आंखों से नजरें चुरा-चुराकर मुझे देख रही थीं। मैंने पत्रिकाएं पांडु को दे दीं और आगे बढ़ा तो गनपत मिल गया। वह अपनी ही कमीज से हाथ पोंछ रहा था। उसका चेहरा अब रूखा नहीं था। उस पर सुर्खी तैर गई थी।

मैंने अंगुलियों से गनपत को इशारा किया और दोनों चल पड़े।

लड़किया धीरे-धीरे आगे बढ़ गईं और अगली नुक्कड़ पर टहरकर फिर देखने लगीं। हम दोनों बहुत दूर नहीं थे। लड़- कियां खड़ी हो रहीं और हम पास पहुंच गए। पहुंचते ही देख-कर मैं दंग रह गया। गनपत भी एकबारगी बोल उठा, "तुम —साला!"

लड़कियां मुसकुराती रहीं। मैंने देखा, उनमें एक रिंकी थीं! मुझे गुस्सा आ गया। रिंकी के चेहरे पर झिझक और शर्म की हल्की-सी छाया उभर रही थी। हम उसके लिए परे- शान थे और वह यहां··· ! रिंकी ने मुसकुराकर कहा, "माफी मांगती हूं! हमारी एक दोस्त की सालगिरह थी। वहीं हम चले गए थे!···

गनपत ने दूसरी लड़की का हाथ पकड़ लिया। बोला, "बोल, ये सच कहता है?"

वह लड़की डर गई। उसकी नन्हीं और मासूम आंखों से भय का एक गुबार उतरकर चेहरे पर फैल गया। गरदन हिला कर उसने 'ना' कहा तो उसके कुंडल झिलमिला उठे। उनमें जड़े रंग-बिरंगे पत्थरों की चमक मुझे अच्छी लगी। वह लड़की ही मुझे अच्छी लगी। रिंकी बुरी नहीं थी, परन्तु शायद इस- लिए कि रिंकी को बहुत पहले से जानता था, यह लड़की ज्यादा अच्छी लगी! रिंकी की सफेद झूठ ने भी मुझे धक्का दिया। गनपत ने रिंकी की ओर देखकर कहा, "साली··· झूठ बोलता है।"

मुझे ताज्जुब हुआ, गनपत रिंकी के साथ ऐसी भाषा प्रयोग करता है।

गनपत ने कहा, "सा'ब, अब?"

मैंने कहा, चाय पी ली जाए!"

'नीलम' में हम चारों चले गए और एक कोने की अकेली- सी जगह को हमने घेर लिया। रेस्टोरेंट खाली-सा था। दो सीटों पर दो जोड़े बैठे थे और दोनों बहुत पास थे! बस!

उसने सलमा से पूछा, "कहां गई थी तुम दोनों?" निश्चय ही गनपत को सलमा पर ज्यादा भरोसा था। मुझे रिंकी पर रह-रहकर क्रोध आ रहा था और वह मुझे मनाने के लिए

सीट से नीचे अपनी पिंडलियों को मेरी टांगों में फंसाकर चेहरे पर शरारत के भाव ला रही थी। उसकी यह हरकत भी मुझे अच्छी नहीं लगी। सलमा ने साफ-साफ बता दिया कि उन दोनों को खाने के लिए बुलाया गया था और खाना कैसा होता है, यह गनपत जानता है!

मुझे अच्छा नहीं लगा। रिंकी उस दिन कितना रोई थी! एक भूल के लिए उसे बेहद पछतावा था। उससे उबरने के बाद रिंकी ने कान पकड़कर कसम खाई थी। वह अब हमेशा मेरे कहने पर चलेगी और मैं कहीं-न-कहीं उसके लिए काम तलाशूंगा। यह देखकर मुझे चिढ़ हो गई। सलमा मुझे अधिक अच्छी लगी। उसकी सफाई मुझे पसन्द आई। गनपत ने उसके सम्बन्ध में फिर ज्यादा बातें नहीं कीं। यहां-वहां की मजाक होती रही।

इसी बीच पता चला कि सलमा भी शिवाजी पार्क में रहती हैं। दो साल पहले उसने पढ़ना छोड़ दिया। उसकी मां पांच बरस पहले मर गई। बाप रेलवे में काम करता है। उसने एक औरत और रखी थी। मां के मरने के बाद वह उसी को घर ले आया। उसके दो बच्चे हैं और आते ही वह सलमा से चिढ़ने लगी। बाप बूढ़ा और कमजोर है। कमाई भी बहुत नहीं होती। यहां आने के पहले वह औरत कांदीवली में रहती थी और यहां-वहां से काम चलाती थी। यहां आकर खर्चों को चलाना कठिन हो गया। इसलिए अपने पुराने दोस्तों को वह यहां बुलाने लगी और सलमा के बाप की गैरहाजिरी में उन मर्दों के साथ बैठने के लिए वह उसे मजबूर करने लगी। सलमा ने जब बाप को यह बताया तो बाप ने कुछ नहीं कहा। वह अपना बनावटी प्यार अपनी बेटी से दिखाता रहा और फिर समझाता रहा कि अब उसका जी नहीं चलता, सांस तेज हो जाती है। दमा के दौर अक्सर उसे सताने लगते हैं और उसके कलेजे में दरारें उभर आती हैं। रात-रात भर रेल की पटरियों की निगरानी करना आसान नहीं है और यह काम अब उससे नहीं होता। सलमा को लगा कि दूसरे ढंग से बापू ने सौतेली मां की बातों का समर्थन ही किया है। सलमा को यह अच्छा नहीं लगा क्योंकि वहां आने वाले सभी दरिद्र और

घिनौने होते थे। उनसे बदबू आती थी और सलमा की सुनहरी देह इतनी निखरी और साफ थी कि उनके लिए सोने के महल उतरकर आ सकते थे

सलमा ने दूसरे दिन अपने बाप को समझाया था और कहा था कि वह चिन्ता न करे। उसकी नौकरी लग गई है। वह सबको पालेगी। उसे भी अपनी सख्त ड्यूटी वाली नौकरी छोड़ देनी चाहिए। उसके बाद से सलमा परेशान थी। नौकरी उसे कहां मिलेगी। दसवीं जमात के बाद उसकी मां ने स्कूल छुड़ा दिया था।

सलमा की एक दोस्त थी। उसने रास्ता बताया और अपने मजदूर बाप और सख्त तथा घिनौनी मां की खातिर सलमा को वह नौकरी करनी पड़ी, जो बन्धी न होकर निर्बन्ध नहीं थी और जिसका कोई वक्त नहीं था, परन्तु घर में वक्त का हिसाब रखने के लिए इसे सारे वक्त ही घर से बाहर रहना होता था!

कुछ दिनों के बाद बाम्बे सेंट्रल के एक होटल से उतरते वक्त गनपत से उसकी भेंट हो गई और तब से उसे बड़ा सहारा मिल गया है। सलमा ने गनपत की बेहद तारीफें कीं। कितने बड़े और अच्छे लोगों को जानता है और कितना ख्याल रखता है! गनपत जरूर ख्याल रखता होगा, क्योंकि वह बिजनेस करना जानता है। वह नहीं चाहता कि सलमा जैसी लड़कियां आवाराओं की तरह फिरें और ऐसे-वैसे लोगों की बाहों का सहारा बड़े। ऐसी लड़कियों पर तो चुने हुए सजे राजकुमार और बड़े कारखानों के खजांची और मालिकों के लड़के सहज ही काटे जा सकते हैं।

गनपत कहता है—ये थोड़ा धीरज तो रखें, इनके तलुवों की भी कीमत वसूल कर सकता हूं! परन्तु धीरज कौन रखे? जब बूढ़ा बाप और फूहड़ तथा बदतमीज मां की रोज-रोज झिड़कियां सुनने को मिलती हैं! शादी कर ले ऐसा मर्द असानी से मिलता नहीं। कुछ बहारें सरगरम हो जाएं, ये हर आदमी चाहता है, परन्तु अपनी जिन्दगी हमेशा-हमेशा के लिए यूं लुटाना कोई नहीं चाहता!

पन्द्रह

रिंकी को देखने वाली मेरी निगाहें अब बदल गई थीं। उसे भी मैंने अंधेरे से निकलता हुआ देख लिया था। अब वह खुलकर सलमा के साथ रहने लगी थी। सलमा और रिंकी वैसे लड़कियां अच्छी थीं। उनमें कोई नुक्स नहीं था। दोनों खूबसूरत थीं और आदमी के साथ पेश आने का तरीका भी जानती थीं। इसलिए जिन्हें और कुछ पता नहीं था, वे दोनों को निहायत शरीफ और अच्छे घर की लड़कियां समझते थे। यह गलती 'फिनले बॉक्स' कम्पनी के मैनेजर ने भी की थी। वह मेरा दोस्त था। एक हॉलीडे-टीम में दोस्तों के साथ गया था। उस ग्रुप में सलमा थी और रिंकी भी। मध आइलैंड में समन्दर के किनारे दो दिनों तक वे पिकनिक मनाते रहे। अड़-तालीस घंटे आदमी की जिन्दगी में कम नहीं होते। ये दोनों लड़कियां फिनले मैनेजर के मुंह लग गईं। वह आस्ट्रेलिया में पांच साल रहकर लौटा था और नासिक का रहने वाला था। नाम था—रगमणि सदाशिव किर्लोस्कर।

एक दिन ताज होटल के नीचे किर्लोस्कर मिल गया। उस समय सलमा मेरे साथ थी। 'हम रेडियो क्लब' से लौटे थे और पेंटिंग की एक एक्जीवीशन देखकर ताज गैलरी से नीचे उतर रहे थे। मुसकुराकर उसने सलमा की ओर देखा और बोला, "वाह! वाह! क्या क़हने हैं!"

सलमा खुश हुई। उसने एक बार मेरी ओर देखा और दूसरी बार किर्लोस्कर की ओर! वहां से हम तीनों गेट-वे-आफ इण्डिया के किनारे संकरी पट्टी पर जा खड़े हुए। किर्लोस्कर यहां-वहां की बातें करने लगा। कुल मिलाकर उसका अर्थ था कि किसी तरह सलमा से उसकी इंटीमेसी हो जाए तो वह मेरा आभार मानेगा। यह बड़ी बात नहीं थी। मैं यह भी चाहता था कि किर्लोस्कर को यह भी पता चल जाए कि बम्बई की हर लड़की जैसे सड़कों पर दिखाई देती है, वैसी है नहीं।

मैंने सलमा से अलग ले जाकर बात की। उसे समझाया। किर्लोस्कर को यदि वह बेवकूफ बना सके तो उसकी जिन्दगी सुधर जाएगी। वह अभी क्वांरा है और कमाई खूब करता है।

इस सौदे में शादी की बात निकल आएगी और सलमा के पौ बारह होंगे। सलमा ने सम्हलकर व्यवहार करने का वचन दे दिया। दोनों उस शाम विदा हुए।

मैं अकेला वी० टी० स्टेशन की ओर चला तो रास्ते-भर मुझे रिंकी की याद आती रही।

उस शाम किर्लोस्कर मुझसे मिलकर गया था। वह बहुत खुश था। और अपनी विजय के गीत गा रहा था। उसकी अदाएं मेरी आंखों के परदों में खूब उभरी हुई थीं और मैं वरली 'बटरोली' होटल में रिंकी के साथ बैठा कॉफी पी रहा था। रिंकी अब काफी स्वस्थ थी। उसका चेहरा खिला हुआ था और वह विगत को भूल चुकी थी। मैंने उसके पेट की ओर देखकर पूछा, "अब कैसा है?" वह मजाक समझना जानती थी। बोली, "साफ हो गया।" हम दोनों जोर से हस पड़े। रिंकी आज बेहद खुश थी। उसने काउंटर के पास खड़ी लड़की को बुलाया। वह इस होटल की वेटर थी। रिंकी ने आवाज दी तो वह लड़की आ गई। रिंकी उसे जानती थी। रिंकी ने पूछ-ताछ की—वह कैसी है? उसका मामा कल बीमार था। अब ठीक हुआ या नहीं? कई बातें पूछने के बाद उसने मेन्यू देखा, आर्डर दिया: रोस्ट चिकन, मटन कटलेट्स, कसाटा आइस-क्रीम और फिर कॉफी!

मुझे ताज्जुब हुआ—कोई बात जरूर है। रिंकी ने एक ही कतरे में बीस रुपये का बिल बना दिया। पता चला कि कल रात वह जुए में पांच सौ रुपये जीती है। पहली बार मुझे पता चला कि रिंकी जुआ भी खेलती है।

खा-पीकर हम लोग कॉफी की चुस्कियां ले रहे थे कि सलमा आ गई। आते ही हंसकर उसने रिंकी से हाथ मिलाया—"ओ··· ? व्हाट ए सरप्राइज!"

"नो··नो सरप्राइज···" रिंकी ने उसी तरह हंसकर जवाब दिया। सलमा मेरी बाजू वाली कुरसी पर बैठ गई। उसके लिए भी कॉफी मंगाई गई। वह चुपचाप कॉफी पीने लगी। उसकी नजरें बार-बार उटकर गिर रही थीं और जैसे मुझसे कुछ चुराना चाहती थी। उसकी झेंप साफ थी। मैंने

पूछा, "कैसी हो?" तो वह और झेंप गई। मैं पूरा हाल जानता ही था। उसे छिपाकर मैंने कहा, "सुना है तुमने खूब बेवकूफ बनाया! वह आया था। पूरे समय तुम्हारी ही बातें करता रहा। गजब का उसे बांधा है, तुमने!"

सलमा ने मुसकुराने का प्रयत्न किया, परन्तु वह फीकी ही रही।

रिंकी में दिलचस्पी पैदा हुई और पूछने लगी, "कौन था वह?"

सलमा चुप रही तो उसने कहा, "अरी सलमा, हमसे क्या छिपाना! छिपा है कुछ!" सलमा को शायद लगा कि मैंने रिंकी को सब कुछ बता दिया है। उसने आंखें उठाकर मेरी ओर देखा। एक पल ताका और फिर उसकी बंधी हुई आंखें अपने आप बरस पड़ीं।

मैंने कहा, "कभी-कभी चूक हो जाती है! जो हो गया सो हो गया!" पर सलमा नहीं चुपी। होटल के लोग हमें ताकने लगे। यह देखकर वहां से उठ जाना हमने बेहतर समझा। रिंकी ने बिल अदा किया और डेढ़ रुपए 'टिप' के लिए छोड़-कर वह अजीब हरकतें करती बाहर आई।

बाहर आकर हम लोग समन्दर के किनारे निकल गए। तब अंधेरा काफी हो चुका था और किनारे पर हम तीनों के सिवाय और कोई नहीं था।

सलमा सिसकने लगी थी। सलमा ने पूरा किस्सा बता दिया। वह किर्लोस्कर के पंजे से बच नहीं सकी। किर्लोस्कर के तेवर ही बदल गए थे। वह कहने लगा था, 'तुम...तुम तो ठेठ बाजारू लड़की हो। तुम्हें पैसे ही चाहिए न! लो...'

उसने पचास रुपये सलमा को दिए और कहा, 'फिर जरू-रत होगी तो तुम्हें ही बुलाऊंगा।'

यह सुनकर रिंकी ने उसे लानत दी। यह सही भी था। सारी परेशानियों से वह बचने जा रही थी, परन्तु बचने की अपेक्षा वह और फंस गई।

रिंकी स्वयं ही सारी बात समझ गई। उसने तैश में आकर कहा कि वह सलमा का बदला लेगी। मैं खूब हंसा। एक बार वह खुद पर धोखा खा चुकी है। इस तरह बातें करने से क्या

फायदा! मैंने कहा, "जानता हूं कैसा बदला लोगी। असल बात जो है, वह क्यों छिपाती हो?"

रिंकी ने मेरी हथेली पर हाथ मारा। बोली, "तो शर्त तय रही। औरत गलती एक बार करती है! जो हो गई सो हो गई। किर्लोस्कर यूं मुट्ठी में न आया तो मेरा नाम रिंकी नहीं।"

सलमा खुश हुई। किसी तरह रिंकी बदला ले तो धीरज रखने के लिए एक सहारा तो मिलेगा। खुशी-खुशी हम उस रात विदा हुए। मिलते समय मेरे साथ रिंकी थी। जब हम हटे तो सलमा मेरे साथ थी। वह अपनी और परेशानियों के बारे में मुझसे चर्चा करना चाहती थी!

सलमा और रिंकी···

दो तसवीरें भी हैं, दो छाया भी हैं और दो जीती-जागती, चलती-फिरती अदाएं भी हैं। अब भी दोनों से मेरी दोस्ती है! पर दोस्ती के मायने अब बदल गए हैं। मैं इन दोनों चेहरों को अपने सामने देखता हूं। दोनों मासूम चेहरे हैं, फिर भी सलमा की कहानी में अधिक गहरा दर्द था। वह अब और बढ़ गया है। कल ही मुझे गनपत की चिट्ठी मिली है। उसने लिखा है कि सलमा अब भी मेरी याद करती है। उसने अपना घर छोड़ दिया है। वह अब अलग घर लेकर रहने लगी है, किन्तु तीन बार मैटरनिटी अस्पताल जाकर लौटने के कारण बेहद कम-जोर हो गई है। उसकी आंखें धंस गई हैं और उसके नीचे हल्की-सी काली छाया उभर आई है! वह मेरी बहुत याद करती है, परन्तु अब उसको याद करने वालों की संख्या भी बढ़ गई है। गनपत ने लिखा है कि सलमा अब अकेली भी घूमने लगी है और अक्सर आपेरा हाउस के बस-स्टैंडों में शाम को देखी जाने लगी है। रिंकी का उसे कोई पता नहीं है!

परन्तु रिंकी का पता मुझे है। चिट्ठियां खूब आती हैं। वह मेरा एहसान नहीं भूल पाती। कहती है, 'तुमने मेरी जिंदगी को किनारे से लगाया है। तुम हमेशा मेरे रहोगे।' हर लड़की और चाहती क्या है? उसका अन्त एक ही है—शादी हो जाए और ठिकाने का 'दूल्हा' मिल जाए! हर लड़की यहीं आकर खतम होती है और यहीं से फिर एक और जिन्दगी शुरू करती

है। रिंकी ने उस दिन की जो शर्त ली थी, पूरी हुई। वह अब किर्लोस्कर की बीवी है। आज उसका पत्र आया है, उससे पता चला है कि वह अगले महीने तक मां बनने जा रही है। सलमा के बारे में उसने पूछा है। लिखा है—'वह गरीब लड़की! वह मारी गई और···!'

सोलह

एक सप्ताह गुजर गया। गनपत नहीं मिला। इस बीच मुझे भी घूमने का अवसर हाथ नहीं लगा। कल शाम कैंडी बीच में नफीसा अहमद मिल गई। असल में वह नलिनी की दोस्त है। एक-दो बार नलिनी के साथ मुझसे मिली है।

तब मैं नफीसा अहमद को इसलिए कनखियों से ही देख पाया था। कल पेट्रोल पम्प के साथ नुक्कड़ की मोड़ पर बने बस-स्टॉप पर वह खड़ी थी। बिलकुल अकेली! मुझे देखा तो मुसकुरा दी। मैंने पूछा, "कहां जा रही हो?"

"यूं ही!"

मैंने कहा, "यूं ही छोड़ो। चलो, घूमने थोड़ा!" नफीसा ने एक जबरदस्त अंगड़ाई ली और स्टॉप छोड़कर मेरे साथ चल पड़ी।

शाम औंधी हुई थी और समन्दर से कई गरगराती आवाजें आ रही थीं। मैंने ही पहल की। मैंने कहा, "नफीसा, पहली बार अकेली मिली हो। चलकर चाय पी लें!"

फ्रेंच-कट बालों को एक जोर का धक्का देते हुए उसने कहा, "कहीं घूमेगा कि चाय पीएगा?"

मैंने नफीसा को देखा। मुझे लगा वह घूमना चाहती है। मैंने चाय पीने की बात छोड़ दी। तो नफीसा बोली, "अच्छा, चाय हम आपुन घर में पीवेगा।"

"घर!" मैंने पूछा तो उसने बताया कि दस कदम की दूरी पर ही उसका घर है। वामनजी पेटीट रोड के मोड़ के सामने हम गये तो वाकई दस कदम के बाद ही वह खड़ी हो गई। बोली, "यह रहा मेरा घर। पर सातवें माले पर है। खुद चढ़ना होगा। लिफ्ट नहीं है। थकेगा तो नयीं!"

"यूं थकने लगा तो हो गिया, नफीसा!" मैंने निहायत चालू लहजे में कहा तो नफीसा भी हंस पड़ी। उसने मेरा हाथ पकड़ लिया और हम दोनों सीढ़ियां चढ़ने लगे।

ऊपर जाकर उसने घंटी बजाई। दरवाजा खुला और हम भीतर पहुंच गए। एक बड़ा-सा सुन्दर ड्राइंगरूम था। बम्बई में आम तौर से ऐसे ड्राइंगरूम सपने हैं। ड्राइंगरूम खूब सजा-सवरा था। हालीवुड के फिल्मस्टार दीवारों पर क्रॉस की तरह लटके थे। उनमें से एक की कई तसवीरें थीं—वह था एलविस प्रेसली।

नफीसा भीतर चली गई थी। इसलिए मैं उन दीवारों को अच्छी तरह देख पा रहा था। थोड़ी ही देर में नफीसा भीतर आई। उसके साथ उसकी मां थी। उसने अपनी मां से परिचय कराया। नफीसा की मां ने थोड़ी देर बातचीत की और फिर चली गई उसी समय एक आया पहियेदार गाड़ी में चाय की ट्रे ढकेलती ले आई। उसने दो कप चाय तैयार की और हमारे सामने रखकर चली गई।

नफीसा ने अपने आप बताना शुरू किया। वह एलविस प्रेसली की फेन है। उसने उठकर एलविस का एक रिकॉर्ड लगा दिया। उसने कहा, "एलविस का फीवर सुनकर अपने को फीवर चढ़ जाता!···फीवर चढ़ने से अच्छा होता है न? हल्का-हल्का गरमी आता है!"

रिकॉर्ड चल रहा था और अपने अधकटे बालों को बार-बार पीछे धकेलती, अंगुलियों से चुटकियां बजाती और कमर के एक कोने को दबाकर कूल्हों को मटकाती हुई नफीसा ट्विस्ट के दौरों से गुजरने लगी। वह खो गई थी और उसे अकेले ड्राइगरूम में केवल मैं ही था जो उसकी हरकतों को देख रहा था। कुछ देर देखने के बाद मैंने उसका हाथ पकड़कर खींचा तो वह 'सी ई ई ई' कर जोर से चिल्ला पड़ी? उसकी आवाज जरूर बाहर गई होगी। उसकी बड़ी बहन कमरे में आई और उसने अंग्रेजी में पूछा, "क्या है!" नफीसा स्तब्ध! हैरान! अचानक उसके मुंह से निकला था। लेकिन पल-भर के बाद ही उसकी हैरानी दूर हो गई। उसने मुसकुराते हुए अपनी बड़ी बहन के दोनों हाथ पकड़ लिए और उसी तरह उचकती हुई

बोली, "एलविस का फीवर था···कोई तुमेरा फीवर···तुमेरा पसन्द हुए!"

बड़ी बहन का चेहरा भी खिल उठा। बोली, "सच··· !"

"हां, सच!"

अब तक रिकॉर्ड खत्म हो चुका था, परन्तु सुइयां अब भी घूम रही थीं। परन्तु नफीसा को परवाह नहीं थी। मुझे ही उठकर रिकॉर्ड बन्द करना पड़ा। नफीसा ने अपनी बड़ी बहन से परिचय कराया। वह स्विटजरलैंड में पैदा हुई थी। डैडी तब वहीं थे। बहन उमर में नफीसा से बहुत बड़ी थी। कोई पच्चीस बरस। वह जीन्स पहने हुई थी। उसके बाल लड़कों की तरह कटे हुए थे। उसकी आंखें तेज काजल से भरी हुई थीं और ओठों पर चमकदार लिपस्टिक इन्हें देह के दूसरे भागों से बिलकुल अलग कर रही थी। मुझे लगा कि यह नफीसा से ज्यादा माडर्न है। नफीसा ने उसका नाम नहीं बताया। नाम तो उसने मेरा ही बताया था। उसलिए वह मुझसे ही कई तरह के सवाल करती रही। वह शायद सवाल ही करती जाती यदि 'कॉलबैल' न बजती। घंटी के बजते ही, वह एकदम स्तब्ध रह गई और चेहरे पर फूटती हुई खुशी से बोली, "ऑय एम सॉरी, लीव मी नाव!" वह तुरन्त चली गई। जाते समय अपनी तीखी नजरों से जिस ढंग के साथ उसने 'टा··टा·· बॉय··बॉय' किया वे उसकी अपनी नजरें थीं! आज भी उन नजरों का एक साफ नक्शा मेरे सामने है।

उसके जाने के बाद नफीसा ने बताया कि वह अपने 'ब्यॉय-फ्रैंड' के साथ गई है। दोनों 'एरोज' पिक्चर देखने गये हैं! मुझे अब शक नहीं रहा कि सारा वातावरण एकदम अंग्रेजी है। मैंने नफीसा से पूछा, "तुम्हारा ब्यॉय-फ्रैंड नहीं है?"

नफीसा सोफे पर मेरे साथ ही बेहिचक बैठ गई। बोली, "है, क्यों नहीं? पर वह बिना 'डेट' किए ही आ गया है!" हम दोनों एक साथ जोर से हंस पड़े।

नफीसा उठकर खड़ी हो गई और उसने फिर रिकॉर्ड लगा दिया। रिकॉर्ड लगाकर अपने दोनों हाथ ऊपर उठाकर वह एक विशेष मुद्रा में खड़ी रही। मैंने आसपास देखा। कमरा वैसा ही अकेला था। उठकर मैंने नफीसा के दोनों कन्धे पकड़ लिए

और उन्हें जोर से दबाते हुए कहा, "नफीसा, तुम ठीक कहता, एलविस से अच्छा आदमी कोई नयीं।"

नफीसा कितनी खुश हुई! अपने पैर से उसने बटन बन्द कर दिया और रिकॉर्ड के थमते ही कहा, "ओह डियर, तुमने हमारा पहचान ठीक कियेला!" नफीसा रोमानी होती गई। उसकी आंखें अपने-आप बन्द ही होने लगीं। एलविस के फीवर का नशा उसकी रगों में भरता गया और मैंने यह अनुभव किया कि मैं, मैं नहीं हूं, एलविस प्रेसली हूं। मुझमें उसकी गरमी-सी आ गई। मैंने अपने को अधिक जवान महसूस किया और नफीसा की कमर पकड़कर उसे घुमाने लगा।

"कुछ स्टेप्स हो जाएं?"

"ओफ! तुम्हें तो डांस भी आता!"

"जी! मैं फॉक्स जानता हूं। चा-चा-चा हाल ही सीखा है। रॉक-एन-रोल में कमाल दिखा सकता हूं, जो तुम्हारा जैसा पार्टनर मिल जाए!"

"ओ, गुड गॉड!" नफीसा ने अपनी हथेली अपने खुले हुए मुंह पर रख दी। उसे अचरज था, मुझे यह सब कैसे आता है। नफीसा खिलखिलाकर हंस पड़ी और फिर मेरे साथ ट्विस्ट करने लगी। ट्विस्ट खतम हुआ तो फॉक्स' और फिर वही ड्रीमी-ड्रीमी, स्वीट, स्वीट्''इट्स नाऊ ऑर नेवर।

एक बार होती शाम रंगीन और हसीन हो गई। नफीसा को शायद खुद पता नहीं था, उसकी बेखबर सवारी गाड़ियां उसे खबरदार कर देंगी!

सत्रह

भूलाभाई मेमोरियल के सामने सिन्धी की दूकान से पान खाकर वापस लौटा तो काफी अंधेरा हो चुका था। स्कैंडल माउंट की बेंचें भरी हुई थीं। समन्दर का पानी नीचे खिसक गया था। जब आया था तो उसमें ज्वार था।

हल्का-सा अंधेरा काफी रंगीन और सराबोर दिखाई दिया। यहां की शामें वैसे ही खूबसूरत होती हैं! शाम ढले सामने की ऊंची इमारतों की सुन्दरियां यहां चहल-कदमी के

लिए उतर आती हैं। कैंडी-ब्रिज में जिनका व्यापार ढीला है, वे भी यहां आकर अपने ग्राहक फंसाती हैं। ऐसी स्त्रियों को पहचानना कठिन नहीं है। सफेद साड़ी और सफेद ब्लाउज! बालों में जूही की मदभरी सुगन्ध! उनके चलने का एक खास ढंग! बस-स्टॉपों पर एक अदा से खड़े होना!

स्कैंडल-पाइन्ट की वह शाम ऐसी औरतों से खाली नहीं थी। आगे भेल-पूरी वालों के आसपास जीन्स और स्लेक्स पहने टीन-एजर छोकरियां झुंडों में खड़ी मजाक कर रही थीं। मुझे ताज्जुब हुआ, वही एक पत्थर पर गनपत दुबका-सा बैठा सब ताक रहा है। मैं सीधे उसके पास चला गया। मुझे देखकर वह स्वयं अचकचा गया। मैंने पूछा कि वह यहां क्या कर रहा है। वह उठकर खड़ा हो गया था। मेरे साथ थोड़ी दूर आकर अपना राज बताने लगा था। ऐसे ही वह अपना व्यापार बढ़ाता है। चुपचाप बातें सुनता है। इनमें कई बार जरूरतमन्द लड़कियां होती हैं। उसे पता-भर लग जाए फिर वह पटा लेता है। उनकी जरूरतें पूरी करता है और इस तरह अपना पेट भरता है।

उसने कहा, "सा'ब, इहां का और लोग तो जाहिल है। ऐसा लड़कियों को फसाता है फिर उनसे फायदा उठाता है। इतना सख्ती करता है कि वो घर से भाग कर फिर किसी अड्डे का ही सहारा लेता है! आपुन सा'ब, ऐसा कभी नहीं कियेला होता। आपुन कहता, लड़कियों की कमी नयीं है! उनका गर्ज होवे तो आवें। आपुन गैरेन्टी देता कि उनका घर बिगड़ने का नयीं। वो अपना जरूरत पूरा करे और घर जावे। लड़-कियां लोग को देखकर आपुन भी सा'ब आदमी ढूंढ़ता। ऐसा-वैसा आदमी, ऐसा-वैसा छोकरियां लोग का वान्ते। वरना सा'ब सांस्कृतिक आदमी लाता आपुन!"

मुझे हसी आ गई—सांस्कृतिक आदमी की बात सुनकर। गनपत का सारा काम सांस्कृतिक है! वह सांस्कृतिक ढंग से लड़कियां पटाता है, सांस्कृतिक आदमी लाता है और सांस्कृतिक ढंग से ही उनकी सुरक्षा करता है।

मैंने उसे पान खिलाया और केम्स-कार्नर वाली सड़क की ओर ले गया। वहां से गुजरते समय मैंने नफीसा अहमद

का किस्सा सुनाया तो वह खुश हुआ। वह नफीसा को जानता था।

हम दोनों 'क्वालिटी' में घुस गए। गनपत ने एक गिलास ठंडा पानी मंगवाया और एक घूंट में गटगटा गया।

गनपत उदास था। उसने बताया—सा'ब नौकरी छूट गया। दाने-दाने को मोहताज। खूब ढूंढ़ा, कोच्छ नयीं। तो क्या करता सा'ब। छोकरी लोग जो अपना गर्ल-फ्रैंड था, उन्हीं को पकड़ा। न पकड़ता तो वो भी हाथ से जाता। बेकार आदमी के पास कौन आता है। साला सब पैसे को देखता! सिक्के का अवाज़ भर हो, मिले दमड़ी नयीं, काम साफ।··· सो सा'ब आपुन गर्ल-फ्रैंड को पटाया वो भी मजबूर था। पैसा किसे नयीं चाहिए। सो सा'ब उनका माफिक बाबू लोग ढूंढ़ा और पैसा पकाया। उनको भी मिला आपुन को भी मिला। रोटी आसान। छोकरी लोगों का भीड़! एक के बाद दूसरा। तीसरा। सा'ब, ऐसा-वैसा को आपुन नयीं पूछत। कॉलेज वाला आता। पारसी और गुजराती लोग का छोकरी लोग आता। उनको अपून बचाता तो वो भी भरोसा रखता। सो अब छोकरी लोग तो ढेर है, सा'ब पर सब मतलब का, सब दूसरों का वास्ते। आपुन वास्ते तो सा'ब कैंडी-ब्रिज है या फारस रोड।" गनपत की राम कहानी सुनकर मुझे दया आई।

हम बाहर निकले तो रात हो चली थी। गनपत ने किसी को समय भी दिया था। कहता था, "सा'ब, एक एम्बेसी का अफसर हाथ लगा है। खूब पैसा मिलेगा।···छोकरी भी एक है, सा'ब। कभी आपको मिलाएगा।"

गनपत ने हाथ मिलाया और अपनी रोजी-रोटी की तलाश में चल दिया।

नफीसा अहमद अच्छी लड़की है! खुशमिजाज शौकीन और शोख! एलविस के नाम से उसके भीतर गुदगुदी उठती है और हिन्दुस्तानी फिल्मों के हीरो बलात् गालियां सुनते हैं। तब भी फिल्म स्टूडियो जाना वह नहीं रोकती और ऐसी ही हर फिल्म की शूटिंग देखना चाहती है, जिसमें 'इन्टीमेट लव सीक्वेंस हैं।

उस दिन शाम उसके घर की सीढ़ियों से उतर रहे थे तो

वह मेरे कन्धे पर अपना बायां हाथ रखे यही सब रो रही थी। नीचे उतरते ही उसने कहा, "आज दिलीप के फिल्म की शूटिंग हैं। हम देखने को मांगता!"

"नहीं," मैंने कहा, "मैं इस तरह शूटिंग नहीं देखा करता और 'हीरो वाली शूटिंग' तो मुझे कतई पसन्द नहीं है। फिर कहां एलविस, कहां···।"

नफीसा का चेहरा एक पल में बदल गया। कहने लगी—"तुम ठीक कहता है। हम नयीं देखने को मांगता!···कहीं घूम लें···चलेगा?"

मैं यहीं चाहता था। सहमत न होने का प्रश्न ही नहीं था। लेकिन कहां जाना चाहिए, यह उसी की मरजी पर निर्भर था। साथ साथ चलते हम बाईं सड़क से मुड़े और काफी आगे जाकर दायें समन्दर के किनारे वाली सड़क पर उतर गए। नाम था—लव लेन!

'लवलेन' का यह हिस्सा नीचे को उतर रहा। समन्दर की उछाल भरती लहरें चीख रही थीं और ढलती हुई शाम, उतरता हुआ अंधेरा, सुनसान वीरानी हम दोनों हाथ में-हाथ डाले धीरे-धीरे चले जा रहे थे।

नीचे उतर कर हम पथरीले समन्दर के किनारे पहुंच गए। अंधेरे में पानी की परतें सोती जा रही थीं। दूर जैसे घुप्प अंधेरा आवाराओं की तरह चक्कर खा रहा था! लहरों की आवाजें ही हैं जो सब कुछ तोड़ती थीं! पीछे रोशनी हो गई थी। इस भटकते अंधेरे में हम दोनों थे। नाजुक और कम उमर की वह दूधिया लड़की और 'लव' का पाठ दुहराता मैं। वह चाहती है मैं उसका काम कर दूं। उसने बदले में कई वायदे कर रखे हैं। ये सब वायदे हमारे बीच हैं! उनसे खुश होकर वह फिर अपनी बातों पर उतर आती है! डैडी-मम्मी अजीब हैं। मम्मी कई पार्टियों में जाती हैं। हर रविवार को कॉकटेल होती है। डैडी रविवार को भी दफ्तर के काम में लगे रहते हैं! कॉकटेल में शामिल होने की उन्हें फुरसत नहीं है। दीदी अपना ब्याय-फ्रैंड रोज बनाती आर बिगाड़ती रहती है। उससे किसी का नहीं पटता। थोड़े दिन दोस्ती चलती है, फिर टूट जाती है। दीदी का और उसका सोने का कमरा एक ही है

और वह परेशान है कि दीदी रोज रात को सोते वक्त ही ऐसी बाते क्यों करती है! उसका पढ़ने में मन नहीं लगता! नफीसा की शिकायत है कि उसे कोई जानने की ही कोशिश नहीं करता। दीदी अपने ब्यॉय-फ्रैंड के साथ चली जाती है। मम्मी अपने दोस्तों के साथ कॉकटेल के जाम' एक्सचेंज करती हैं। और वह···! वह सिर्फ एलिवस का 'फीवर' सुनती है—'इट्स नाउ ऑर नेवर!"

एक चिकने और लम्बे से पत्थर पर हम दोनों आकर बैठ गए! पत्थर साफ था, लेकिन उसके आसपास केंकड़े न हों, इसका नफीसा को डर था। वह यहां-वहां देखने लगी। मैंने माचिस जलाई। उजेले में देखा, केंकड़े नहीं थे। मैंने एक सिगरेट सुलगाया तो नफीसा बोली, "सिगरेट पीने में कैसा लगता?"

मैंने कहा, "पीकर देख लो!"

"तुम मम्मी से तो नयीं बताएगा?"

मैं जोर से हंसा—"नयीं, बिलकुल नयीं!"

"तो हमें जलाकर देने को मांगता!"

मैंने अपना सुलगाया हुआ सिगरेट नफीसा को दे दिया। उसने जोर से धुआं खींचा तो उसे खांसी आ गई। मैंने बताया यूं नहीं, यूं पिया जाता है। मैंने उसी का सिगरेट पीकर उसे बताया। दूसरी बार उसने कश लिया तो उसे खांसी नहीं आई। तीसरी बार वह छल्ले बनाने लगी। बोली, "हमारा मम्मी भी सिगरेट पीता है!"

मैंने कहा, "हां, अब तो औरतें सिगरेट पीने लगी हैं और यह कोई खराब बात भी नहीं है!"

नफीसा को सिगरेट पीने में अब मजा आने लगा था। उसने धुआं छोड़ते हुए कहा, "कहते हैं 'लव' करने में भी यूं ही मजा आता है!"

मैंने पूछा, "तुम्हें कैसे पता?"

उसने सिगरेट फेंक दी। वह पानी पर 'छन्न' करती हुई बुझ गई। नफीसा ने बताया कि उसने अपनी मम्मी को कई बार 'लव' करते देखा है! शराब पीकर वह अपने दोस्तों के हाथों में झूलती है। दोस्त उन्हें हाथों में झुलाकर अपने होंठों के पास तक ले जाते हैं! उसने निहायत आसान ढंग से कहा

"हां, हम छिपके देखता! सब देखता! हम अपने डडी को भी देखता। वह मम्मी से फुसफुसाकर बहुत बात करता! और···! छोड़ो भी···!" नफीसा ने इस ढंग से कहा जैसे मैंने उसे पकड़ रखा है। मेरे लिए अब यूं अजनबी की तरह बैठे रहना आसान नहीं था! मेरी कुछ हरकतों का नफीसा ने कतई विरोध नहीं किया। बोली, हमारा दीदी कहता, उसका-ब्यॉय-फ्रैंड भी ऐसा करता!"

"ऐसा, यानी?"

वह शरमा कर मुझसे छूटकर अलग हो गई। बोली, "तुम तो वाकई कोच्छ नहीं जानता! एकदम बेवकूफ का माफिक बातें करता! इतना देर हो गया! हमको जाने का!"

नफीसा उठकर खड़ी हो गई। मैं उसका हाथ पकड़कर जोर से झटका दिया तो वह 'सी ई ई ई' कर एकबारगी मेरे ऊपर आ गिरी मैंने उसे पकड़कर जोर से समेट लिया। उसके सीधे लेटे हुए होंठ उस अंधेरे में प्रश्नवाचक चिह्न बनकर चमक उठे! कसमसाते हुए उसने कहा, "नयीं, हम अब चलने को मांगता! हम रोज मिलेगा! तुम तो सब जानता है। काम का आदमी है। बनता है, बस!·· हां, पहले हमारा नाम सोफिया में करा देने का!"

वह शाम थी! हार-जीत की एक बनती बिगड़ती हुई शाम! वह पहली शाम थी। ऐसी शामें आती रही हैं। नफीसा अहमद का फीवर उन शामों को पीता रहा है। लव लेन से लेकर मलाबार हिल और पाली नाका! छुट्टियों में पवई और नेशनल गार्डन! तुलसी लेक! आरे कालोनी! सभी जगह तो भरी पूरी और हसीन हैं! सूखा और उजाड़ कहां! यदि कहीं वह होता है तो केवल मन के भीतर, एक मरे हुए और घिसे हुए मन के भीतर ही!

अठारह

इन सारी शामों को छोड़कर मैं जा रहा था! उस दिन माथेरान न जाता, तो स्थिति कुछ और होती। एक-से-एक बढ़कर पात्र सामने आ रहे हैं! सेठ रतनचन्द अब आ भी जाए

तो उसका पैसा मैं नहीं लूंगा…मेरा यह निश्चय यूं ही नहीं था। सलमा, शैलू, रिंकी, सरस्वती और नफीसा अहमद, इनमें कोई भी प्रयोगात्मक फिल्म के लिए कहानी का काम दे सकते हैं! सतह के ऊपर बहती हुई जिन्दगी के भीतर इनकी एक और जिन्दगी है और उस जिन्दगी का निर्वाह करना व्यापारी फिल्मों में सम्भव नहीं है। रतनचन्द के दिमाग में घुन ही लगा होगा, यदि वह अपना पैसा अब मेरे हवाले करे!

इस परिवर्तन के बाद भी रणजीत स्टूडियो के मेरे आफिस की भीड़ में कोई कमी नहीं हुई। प्रमिला पहले ही मेरे पास आ चुकी थी। मैंने उसे बता दिया था कि बड़ी फिल्म के पहले या उसके साथ मैं एक प्रयोग-फिल्म बनाऊंगा।

प्रमिला ने मेरी बात पर एक सुखद आश्चर्य प्रकट किया था। वह इस प्रयोगात्मक फिल्म में भी हीरोइन का काम करने को तैयार थी! लेकिन अब स्थिति और उलझ गई थी! सलमा और शैलू, रिंकी और नफीसा, और—! मेरी कहानी के ये अधिक पास थीं! सबीना अभी तक दिमाग के बाहर नहीं हो पाई थी।

गणेश और विनोद अपने काम में हमेशा चुस्त रहे हैं। उन्होंने चारों ओर यह खबर फैला दी कि मैं एक नये ढंग की अजीब-सी फिल्म बना रहा हूं। इसे लेकर फिल्मी दुनिया में एक रहस्यमय जिज्ञासा व्याप्त हो गई! स्टूडियो में बाकायदा दफ्तर लेकर और निर्माताओं की तरह प्रयोगात्मक फिल्म का कोई निर्माता भी बैठ सकता है, यह अपने आपमें अचम्भे की बात थी। 'ग्रीन प्रोडक्शंस' के मनुजी मेहता ने उस शाम मुझे कैंटीन के बाहर रोक लिया। पहले यहां-वहां की बातें कीं और फिर बोले, भाई, "आप तो जानते ही हैं, मैं एक रंगीन फिल्म बना रहा हूं। उसकी हीरोइन हैं जयन्तीमाला! उसके कैरेक्टर को जरा इन्टेलीजेंट लेवल पर लाना चाहता हूं। थोड़ी मदद करेंगे!

मैं बम्बई की फिल्मी दुनिया के बाहर का आदमी था, इसलिए आसानी से तैयार हो गया। मेहता ने अपने कमरे में ले जाकर उसके डायलॉग दिखाए। कुछ डायलॉग मैंने बदले और मेहता को पढ़कर सुनाए तो वह बासों उछल पड़ा। उसी

समय उसकी गाड़ी पर हम जयन्तीमाला के घर पहुंचे।

शाम पांच बजे हम उसके यहां पहुंचे तो काफी देर तक बाहर ही खड़े रहे। पता लगा जयन्तीजी बाथरूम में है। मुझे आश्चर्य हुआ, आने वालों को बैठाने का अलग से कोई इंत-जाम नहीं था। हम लॉन में टहलते रहे। मालो से पता चला कि अभी एक घण्टा वह बाथरूम में ही रहेंगी।

"इतनी देर वहां क्या करती हैं?—मैंने पूछा, तो माली ने बताया कि जिस दिन शूटिंग नहीं होती जयन्ती टब में दूध भरवाकर उसमें कम-से-कम एक घण्टा पड़ी रहती हैं। इसके बाद मलाई से सारी देह की मालिश की जाती है। जयन्ती की देह में जो चिकनाई है, उसका राज मेरी समझ में आ गया। मैं मुस्करा पड़ा।

एक घण्टे बाद हमें भीतर बुलाया गया। ड्राइंगरूम में जाकर देखा तो दूध के ताजे स्नान से उभरती हुई चिकनी देह पर दूधिया साड़ी पहने जयन्ती आराम से बैठी थीं। ड्राईंग-रूम जितना सजाया-संवारा जा सकता था, उतना सजा हुआ था। हमें देखकर वह खड़ी हो गईं। मुस्कराकर उसने हाथ मिलाए और विलम्ब के लिए दो-चार औपचारिक शब्द दोह-राए। उसने हंसकर पूछा, "कहिए, मेहता साहब, कैसे आना हुआ!"

मेहता ने मेरा परिचय कराते हुए बताया कि उस फिल्म के कुछ डायलॉग वह बदलना चाहता है और कल सुबह शूटिंग है, तो इन्हें जयन्ती किसी तरह याद कर ले तो अच्छा हो! जयन्ती ने मेरी ओर देखकर पूछा, "आप कहां-कहां बदलना चाहते हैं?"

मैंने बताया कि शुरू के ही दो डायलॉग बदलना चाहता हूं। फिर सीन नम्बर 11 के सारे डायलॉग एकदम नये लिखूंगा। वह एकदम खड़ी हो गई बोली, "माफ कीजिए, मेरे पास वक्त नहीं है। मैं नये सिरे से कुछ भी याद नहीं कर सकती!"

मेहता हवा निकले हुए ट्यूब की तरह सिकुड़कर खड़ा हो गया। बोला, "कोई बात नयीं जी! आप जो बोलेंगी, वहीं अच्छा होगा। मैंने नजर नीचे कर ली।

हम तभी बाहर आ गए। जयन्ती ने एक प्याला चाय के

लिए भी नहीं पूछा। बाहर आते ही मैंने मेहता को वहीं छोड़ दिया और आवश्यक काम का बहाना बनाकर टैक्सी ली और बांदरा की ओर चला आया।

धूप नीचे गिरती जा रही थी। बांदरा स्टेशन के सामने मैंने टैक्सी छोड़ दी और जैसे ही दाईं सड़क पर बढ़ा कि मुझे कुलसुम मिल गई!

कुलसुम, एक थकी और उदास लड़की!

कुलसुम, एक सम्हली और सधी लड़की!

एक खूबसूरत लड़की, न कवि और न लेखक और तब भी हर वक्त 'मूड' की गिरफ्त में बन्द। जी है, तो जिन्दगी है। नहीं है, जो दुनियां हंसती हो, कुलसुम झुलसी हुई, गिरी हुई और पीलिया के रोगी-सी दबी-दबी नजर आएगी। उसके बदलते हुए अन्दाजों का कोई कारण नहीं।

कॉलेज में 'सर' ने उसे अलग बुलाया तो क्यों बुलाया? उसके रहते एक दूसरी लड़की से बातें कीं तो क्यों की? गोया बातें करना था, तो उसी से। उसी से बातें करो तो नजरें आसमान पर। ब्यॉय-फ्रैंड चाहिए? किसे नहीं चाहिए, किन्तु ऐसा जो उसकी बजाए। जो वो कहे, सो माने। जब मानने लगे तो उसे लानत भेजे, 'आदमी है! आदमी होकर उल्लुओं की तरह कहना आन लेता।'

टैक्सी सामने से निकली, तो उसे बुलाकर हम भीतर हुए। कुलसुम बताती रहीं। वह अक्सर चौराहों पर खड़ी हो जाती है। खड़े-खड़े लोगों की नजरें ताकती है। ये नजरें एक अन्दाज हैं और इन अन्दाजों ने उसे हर नजर को पहचानने के काबिल बना दिया है। वह अक्सर चौराहों से लगे बस-स्टॉप पर घण्टों खड़ी रहती है। कहती है, "आदमी लोग भेड़िया का माफिक है। और कुछ नईं देखता, जिस्म देखता है!"

मैंने कहा, "अपने जिस्म की बात कर रही हो तब तो सही है। उसे कौन न देखेगा?"

कुलसुम ने तुरन्त मेरी नाक दबा दी। बोली, "तुम्हारी बात नईं हैं। और का है··· !"

बैंड-स्टैंड आकर टैक्सी रुक गई। उतरकर हमने देखा, ढलते हुए सूरज की रोशनी में समन्दर की लहरें पछाड़ खा रही

थीं।

मुझे पता चल गया कि कुलसुम की दोस्ती दिन और महीनों को पार कर चुकी है। हाथ में किताबें लेकर कॉलेज जाने के लिए वह घर से निकलती है। सीधे बांद्रा कॉलेज जाती है। पहला पीरियड अटेंड करती है। फिर···! फिर सारा दिन उसका! बांद्रा में उसकी सहेलियों की कमी नहीं है। उसे दोप हर का लंच लेते हुए चर्च गेट के पारसी डेरी-फार्म में देखा जा सकता है, कोलाबा के चाइनीज रेस्टोरेंट में, वरली के बटरोली या विक्टोरिया टर्मिनस के रेलवे-रेस्टोरेंट में। होटल बदलना उसका शौक है, ठीक उसी तरह जैसे वह कपड़े बदलती है। जीन्स, स्लेवस और स्कर्ट्स से लेकर साड़ियों तक में कुलसुम देखी जाती है। साड़ियों को तरह-तरह से पहनना उसकी दूसरी हॉबी है। पल्लू वाले छोर को कमर के कोने में खोंसकर जब वह अपनी रॉ-सिल्क की साड़ी पहनती है, तो मैं छटपटा उठता हूं। यूं पहनने से उसके कूल्हे उभरते हैं और कलाइयों की गोलाइयां साफ नजर आती हैं। अमेरिंकी गेहूं की तरह उसका सफेद जिस्म बादामी साड़ी को फाड़ता-सा नजर आता है। ऐसे किसी वक्त मैंने कुलसुम का साथ जरूर चाहा है; पर उस कम्बख्त को तंग करने में जैसे मजा आता है। वह अक्सर स्कर्ट पहनकर आती है। और न जाने क्यों मुझे उसका खुला हुआ सामने का भारी आवारा उभार पसन्द नहीं आता। वह निहायत बेहया और बेशर्म औरतों की तरह मुझे दिखाई देती है।

बैंड-स्टैंड की उस शाम कुलसुम ऐसे ही कपड़े पहने थी। मैंने कहा, “तुम वह साड़ी क्यों नहीं पहनकर आतीं?”

वह बोली, “कल जरूर आऊंगी।”

“कल क्यों?···” उसने मेरा प्रश्न पूरा नहीं होने दिया। बोली, “यूं ही साड़ियां पसन्द हैं तो अपनी पसन्दगी की दो-चार ले दो।” कुलसुम ने खीजते हुए मेरे कंधों पर अपने हाथ रखे। अपना सिर मेरे सिर से मिलाकर जीभ निकालते हुए वह बोली, “हराम का खाना, खाना नहीं होता हुजूर! वह पेट भरना है। मजा तो अपने दिए बिल में है। अपनी पसन्दगी की भी कुछ खरीद दीजिए।”

इतना कहकर वह हंस पड़ी। मैंने उसका सिर नीचे दबाते

हुए उसकी पीठ पर हल्के से दो घूंसे लगाए, "चलो, आज ही हो जाए!" "अभी?···अभी तो यहीं मजा आ रहा है!" कुलसुम लोटकर सीधी लेट गई। उसने अपना सिर मेरी गोद में रख लिया और मेरे हाथों को अपने पेट के पास लाकर दबाते हुए बोली, "अरे, इतनी जल्दी सरेंडर कर दिया! कुछ तो···!"

"नहीं," मैंने अपनी अगुलियां उसके पेट में दबाते हुए कहा, "तुम्हारा कहना सही है, हराम की खाने में मजा नहीं।"

कुलसुम खूब हंसी। इतना हंसी कि मेरे गले में अपना हाथ डालकर वह झूले की तरह लटकती रही और उसी ताव में उसने मेरे होंठ तक चूम लिए। मैंने देखा, वह समय ही और था। अघेरा गड्ढों में आकर भर चुका था और मेरे आस-पास से फुसफुसाने की हल्की-सी आवाजें आ रही थीं। लहरें पानी में डूबती गईं, केवल उनके स्वर शेष थे···मात्र स्वर! हम उठे तो पास से ही चूड़ियों की जोर की खनखनाहट हुई। कुलसुम ने मुझे दूसरी ओर खींच लिया, "इस तरह दूसरों को दखल नहीं देते, समझे!" मैं गिरते-गिरते बचा। उसी हालत में पत्थरों से हम बाहर आए तो कुलसुम हांफ रही थी। बोली, "कहीं बढ़िया खाना हो जाए!"

हम खाने की तलाश में चल दिए।

उन्नीस

गनपत एक सप्ताह बाद मिला।

वह परेशान और दुखी नजर आया। उसका चेहरा उतरा हुआ था और उसने दाढ़ी भी कई दिनों से नहीं बनाई थी। वह कुरता और पायजामा पहने था। इस वेश में वह बम्बई के आम 'दलालों' की तरह ही लग रहा था।

मैं अवाक् उसे देखता रहा। उसने कहा, "सरस्वती को जानता है?"

"हां, क्यों नई!···क्या हुआ?"

"होगा क्या? साला कहीं से रोग पाल लिया। अब बढ़ गिया है। दवा कराने को मंगता तो पैसा नयीं। ऐसा रोग वाला औरत के पास कौन जाने कूं मंगता!"

गनपत चुप हो गया। वह मन लगाकर चाय पीने लगा। मेरे मन में एक अजीब कुतूहल पैदा हो गया। सरस्वती को न जानता तो परेशानी न होती। उसे जानता हूं। मुझे इसलिए परेशानी होने लगी। मैंने पूछा, "बात क्या है, गनपत? तू आज वाकई परेशान नजर आता है!"

गनपत ने अपनी दोनों हथेलियां सिर से लगा, लीं और नीचे नजरें झुकाकर बोला, "जिन्दगी में ऐसा काम नहीं किया, सा'ब। जो करते हैं उनके लिए आम बात है, पर···" अपने चेहरे पर हाथ फेरते हुए उसने कहा, "पैसा जो न कराए, सो थोड़ा है।"

एक बात मेरी समझ में आई। गनपत ने जो किया है, पैसों के लिए किया है। वे पैसे भी सरस्वती को चाहिए थे। उसे भी नहीं, उसकी बीमारी के लिए। गनपत ने बताया कि कल शाम उसे बम्बई अस्पताल में दाखिल करा आया है। उसने अस्पताल में उसे अपनी बीवी कहकर दाखला दिलवाया है। यह न बताता तो उसे दाखला आसानी से न मिलता।

गनपत के चेहरे पर उपेक्षा और घुटन का दर्द था। उसका चेहरा काला-सा पड़ गया था और मुझे लग रहा था, जैसे भीतर-ही-भीतर कोई उसे काट रहा है। मैं उसे देखता रहा। जानने की अपनी उत्सुकता को दबाते हुए मैंने ठीक यह समझा कि गनपत पहले थोड़ा शान्त हो ले। दूसरा कप चाय पीकर भी शायद उसका मन शान्त नहीं हुआ था। बोला, "सा'ब, यहां से चलें।" मैंने उसकी बात को नकारना ठीक नहीं समझा। रेस्टोरेंट से उतरकर हम बाहर आए और 'लायंत गेट' की ओर बढ़ गए।

घूमते-घामते हम दोनों गेट-वे-आफ इण्डिया पहुंचे। उसकी कगार पर जाकर बैठ गए। गनपत ने कहा, "सा'ब, सरस्वती को दाखिल करा दिया। बड़ा बात हुआ। बेचारा सुधर जाएगा। उसका एक बच्चा है। उसी का वास्ते वह जीता है। बोलता है, 'बड़ा होएगा ये तो हमको इस नरक में से बचाएगा।' सरस्वती अच्छा नयीं हुआ तो मरद लोग उसका पास जाएगा नयीं और वो यहां से भगा दिया जाएगा। फिर भीख मांगेगा और···!"

गनपत जरा विचलित हुआ। उसने जोर से अपना थूक लीला। फिर खांसकर ठुसकी ली और दूर थूक दिया। अपने

हाथ उसने अपने कलेजे पर रगड़े। कहने लगा, "कोछ दिन हुआ, यूं खांसी उठता है, साला। तपेदिक हो गया तो मर जाएगा।"

"नहीं, गनपत, तुम्हें कुछ नहीं होगा। तुम तो काफी तन्दु-रुस्त हो," मैंने कहा।

गनपत ने मेरी इस बात की ओर कतई ध्यान नहीं दिया। कहने लगा, "सा'ब, कई साहब लोगों से पैसा मांगा। किसी ने नहीं दिया। सरस्वती का एक बहन और है। फारस रोड पर बंगला नम्बर चालीस में है। हम उसका पास गया। उससे बताया। हम बोला, पच्चीस रुपया दे दे, उसका जिन्दगी सुधर जाएगा। वो साला नफरत दिखाया। नाक सिकोड़कर उसने अपना सारा अंगुलियां फोड़ा। कहने लगा, 'जा, तू ही सुधार उसका जिन्दगी!'···सा'ब, सगा बहन लोग है दोनों। वो छोटा है! एक ही चीज था, सा'ब! अब तो वो भी उतर रहा है। तब भी माल है। खूब कमाता है। शराब पीता है। साहब लोग के साथ सिगरेट पीता है और कमरे में बन्द होकर नंगा नाचता है। ग्राहक घण्टे-भर को लेता है तो वो यू फंसता है कि दो घण्टे ठहरता है। इस तरह खूब पैसे काटता है, सा'ब! सरस्वती तो बेचारा सोधा लड़की है। किस्मत का मारा···!"

सरस्वती वाकई सीधी लड़की है। उसके लिए मुझे भी हमदर्दी हैं। मैंने कहा, "गनपत, तू मेरे पास क्यों नहीं आया? पच्चीस रुपयों की बात थी न मैं दे देता। तुझपर भरोसा तो मुझे है ही।"

गनपत केवल हंसकर रह गया, वह इधर-उधर देखने लगा। उसने एक सांस ली और कहा, "सा'ब, हम माफी चाहता है। आप एक भला आदमी मिला है छोड़ना भी नयीं मंगता। हम भी कल गलती किएला है। माहिम है न, सा'ब, उहां के मर-घट से हम एक मुरदा किराये पर लाया था! पांच रुपया दिया, दो घण्टे के वास्ते। 'क्यू' लेन था वहां। मनीजर ने कहा, आपुन दोस्त है न सा'ब वो, इसका नम्बर दो घण्टा बाद आएगा।··· सा'ब' हमारा साथ दो दोस्त था। हम उसे उठा लाया। माहिम का चौक है न सा'ब सब-डिपो का पास, वहीं हम भी नाटक किएला होता। सुब्बे का समेय, साहब लोग जाता रहता! फिर

सा'ब एक प्रोड्यूसर निकला। वो है न, क्या कहता, फिल्म का नाम 'मछेरन', उसीका प्रोड्यूसर! हमको जानता। उसने मोटर रोका और हमको सा'ब तीस रुपिया दिया।...दो घण्टा में हमने पांच-पन रुपिया कमाया, सा'ब!...पांच मनीजर को दिया। पांच रुपया का हम तीन लोग मिलकर खूब खाना खाया। साले कूं चिकन, मीट और तन्दूरी! बाकी बचा पैंतालिस। सो सा'ब बम्बई अस्पताल में गिया। जाकर सरस्वती को दे आया। अब वो ठीक हो जाएगा, सा'ब!"

गनपत ने बात खतम की और मेरे चेहरे की ओर घूर-घूरकर देखने लगा। मुझे लगा, वह पूछ रहा है, मैं अब भी बुरा आदमी हूं? मैंने कोई बुरा काम किया है? लावारिस लाशों को यूं उठाना अपराध है!

गनपत घूरता रहा। उस का यूं घूरना मुझे बुरा नहीं लगा। उसकी बड़ी-बड़ी आंखें मेरे पूरे चेहरे को घेर रही थीं। तब भी मुझे भय नहीं लगा। मैंने उन आंखों को देखा। उनमें से कुछ बाहर निकल रहा था। लावे की तरह कोई चीज खिंची हुई बाहर चली आ रही थी। मुझे अचरज हुआ, वे आंसू थे। गनपत रो रहा था। उसने एकाएक अपनी हथेलियों से आंखें ढक लीं और फफक-फफककर रो पड़ा...। गनपत रोता रहा। मेरे समझाने पर भी वह रोता रहा। कहता रहा, "सा'ब, हम बहुत गिरा हुआ आदमी है! बहुत...!"

बीस

कल का दिन अजीब ढंग से बीता था। रात भर नींद नहीं आई। आंखों के सामने एक नहीं, दो लाशें तैरती रहीं। नींद की गोलियां खाईं। तब भी असर नहीं हुआ। सवेरे-सवेरे नींद लगी और फिर बारह बजे तक सोता रहा

सोकर उठा तो गनपत बैठा था। शनिवार था और मैंने दफ्तर से छुट्टी ले रखी थी। गनपत को देखकर याद आया, आज कहीं जाना था! ओफ! जल्दी-जल्दी मैं तैयार हुआ। बाहर आया तो देखा, गनपत 'फिल्म-फेयर' की तस्वीरें देख रहा था। वह उन तसवीरों में खो गया था और उसे किसी चीज का

भान नहीं था। आज वह सूट पहने हुए था और उस पर उसने खादी की बढ़िया टाई लगाई थी। सहसा यह भरोसा ही नहीं हो सकता था कि यह वही आदमी है जो कल मेरे साथ था।

मुझे देखकर गनपत खड़ा हो गया। उसका चेहरा खिला हुआ और साफ था। मैंने पूछा, "कब आए, गनपत?"

"कुछ नयीं सा'ब, एक घंटा हुआ।"—बहुत विनम्र ढंग से उसने जवाब दिया। मेरी ओर देखकर उसने कहा, "आपको याद है न, वहां चलना है!" मैंने कहा "हां, अभी तैयार होकर आता हूं।"

नाश्ता करने के बाद हर घर से निकल पड़े।
हम दोनों ने टैक्सी ली। थोड़ी ही देर में ऑपेरा हाउस के चौराहे पर जाकर उतर गए। पीछे लौटे तो बाईं सड़क पर एक बड़ी बिंल्डिंग है। उसमें बोर्ड लगा है, 'सी-ग्रीन पिक्चर्स'। गनपत ने रुककर एक बार उसे देखा और फिर आगे बढ़ गया। सीढ़ियां चढ़कर हम चौथे माले में पहुंचे।

कुछ दिन पहले गनपत ने वचन दिया था, इस जगह को दिखाने का। यह अपने ढंग की जगह है और केवल दोपहर में चलती हैं। गनपत का कहना है कि कॉलेज का छोकरी लोग यहां आता है!···शाम को कोई नहीं रहता। अपने खाली पीरियड में ये लड़कियां यहां आती हैं। और घंटे-दो-घंटे ठहरकर पैसे बना लेती हैं। मैंने सीढ़ियां चढ़ते हुए गनपत से पूछा, "कितनी लड़कियां आती हैं, गनपत?"

उसने बताया, "ज्यादा नहीं, पर कम भी नहीं हैं।"

हम भीतर पहुंच गए, कमरे में पूरा दफ्तर था। सिनेमा के कई बड़े-बड़े पोस्टर। एक टाइप-राइटर और उसपर टाइप करती एक लड़की। लड़की साधारण थी, परन्तु उमर भरी हुई थी। चश्मा लगाए एक आदमी दूसरी टेबल पर बैठा था और एक बूढ़ी औरत दरवाजे से लगी टेबल पर काम कर रही थी। दरवाजे के यहां-वहां तीन चपरासी थे।

गनपत को देखकर तीनों मुसकुरा दिए। बूढ़ी औरत ने उससे कहा, "हलो···!"

गनपन ने मुसकुराकर कहा, "हलो···कैसा है?"

"अच्छा है," उसने निहायत व्यापारी ढंग से उत्तर दिया है।

उसी समय दो लड़कियां सीढ़ियां चढ़कर वहां आईं। दोनों बुरका डाले थीं। यहां आते ही उन्होंने अपने बुरके उतार दिए। अपनी किताबें टाइप करने वाली लड़की के पास रख दीं। उनमें से एक शायद नई थी। पहली बार आई थी। जो पुरानी थी, उसने धीरे से बूढ़ी औरत से कहा, यह भी आया है! हमारा साथ पढ़ता है!"

"ठीक है," उस औरत ने जवाब दिया और भीतर इशारा कर दिया। दोनों लड़कियों ने लौटकर मेरी ओर देखा और भीतर चली गईं। मुझे यह पूरा माहौल सरगरम और रहस्यमय-सा लगा। लड़कियां अच्छी थीं। और उनके चेहरे कमनीय थे।

मैं यहां आगे कुछ और सोच नहीं सका, कारण गनपत ने बूढ़ी स्त्री से कुछ बातें करके मेरी ओर इशारा किया। दरवाजे के चपरासी ने बांस के परदे को हटा दिया और हम भीतर चले गए। पहले कमरे में एक टेबल था और उसपर एक और स्त्री बैठी थी। वह अधेड़ उमर की थी और अपने-आपमें काफी खूबसूरत थी। अंग्रेजी बोलकर उसने हमारा स्वागत किया। उसके सामने तीन-चार कुर्सियां थीं। एक ओर सोफा था। यह स्त्री भी गनपत को जानती थी। उठकर हमें सोफे के पास तक ले गई। हम तीनों वहां बैठ गए।

गनपत ने गोल्डफ्लैक का एक पैकेट निकाला और उस स्त्री को सिगरेट दी। फिर पैकेट उसने मेरी ओर बढ़ा दिया। एक सिगरेट उसने भी जलाया और अजीब-सी भाषा में वह उस स्त्री से बातें करने लगा। भाषा नई नहीं थी। वह हिन्दी और अंग्रेजी का मिक्स्चर थी परन्तु तब भी मेरी समझ के बाहर थी। कुछ बात-चीत करने के बाद गनपत ने चालीस रुपये उस स्त्री को दिए। उसने मुसकुराकर रुपये रख लिए। बोली, "जाओ!"

गनपत हमें आगे के कमरे में ले गया। उसमें दो लड़कियां बैठी थीं और पुस्तकें पढ़ रही थीं। कोई अब तक आया नहीं था, शायद। हमें देखकर वे खड़ी हो गईं और अगले कमरे में चली गईं। उसी कमरे से फिर एक लड़की आईं। लड़की बढ़िया नॉयलोन की गुलाबी साड़ी पहने थी। उसकी गोरी कलाइयों में सोने की चूड़ियां थीं। तब भी उसकी नजरें मुझे साफ नहीं

लगीं। लगा, ये नजरें पुरानी हैं और पानी में उबाली जा चुकी है। भीतर का रंग इनमें उतर आया है।

एक चपरासी ने कोकाकोला की दो बोतलें हमारे सामने रख दीं। हम पीने लगे तो दूसरी लड़की आई!

ओफ···! ये लड़की, यहां?

तीसरी आई!

वाह···!

चौथी आई!

एक-से-एक बढ़कर!

वह एक अद्भुत आनन्द था। एक लड़की दूसरी को लाती है। दूसरी, तीसरी को। थोड़ी देर यहां रहती हैं, फिर वापस। इनमें से हर लड़की हमारे आस-पास की है। हमारे अपने घरों की है। लेकिन उनके इस काम के बारे में उनके सिवाय और कोई नहीं जानता। मैं सोच रहा था! ढेर-सी बातें मेरे सामने उभर रही थीं और उन्हीं के साथ सातवीं लड़की मुझसे मिलकर भीतर चली गई थी।

मैं उस कमरे में खो गया था, तभी आठवीं लड़की आई और आते ही उसके और मेरे मुंह से एक साथ 'सी ई ई ई' निकल गई। मैं बार-बार आंखें मींचकर उसे देखने लगा। वह कुलसुम थी। उसका चेहरा फक पड़ गया था और लगता था, उसका पूरा खून सूख गया है! मैंने उठकर उसका हाथ पकड़ लिया तो गनपत ने कहा, "मैं जाऊं?"

गनपत कुछ नहीं समझा था! मैं अबोले उसका हाथ पकड़े खड़ा रहा और कुलसुम को जैसे सांप सूंघ गया था, वह जड़ थी! मैंने कोई जवाब नहीं दिया तो गनपत उठकर चला गया। उसके जाते ही हमने महसूस किया कि हम कहां हैं!

कुलसुम ने धीरे से पूछा, "तुम यहां?"

"और तुम?"—मैंने भी उसी तरह प्रश्न किया। तो उसने कहा, "चलो उस कमरे में!"

बाजू के कमरे में हम गए तो कुलसुम ने भीतर से दरवाजा लगा लिया। मैंने कहा, "तुम यहां आती हो?"

"नहीं"—उसने कहा, 'तुम नहीं जानते, यहां जितनी लड़कियां आती हैं, सब कॉलेजों में पढ़ती हैं!"

मैं यहां के बारे में जानने आया था। कुलसुम को भावना के आधार पर लेता तो सब खतम हो जाता। मैंने कहा, "कोई बात नहीं, परन्तु तुमने तो मुझे चुनाव करने ही नहीं दिया!"

"मैं चली जाऊं?"—कुलसुम खड़ी हो गई। नहीं, अब क्या फायदा! तुम्हीं क्या खराब हो! मैंने एक झटका देकर उसे खींचा तो वह 'सी ई ई ई' कर उठी। फिर एकाएक मुसकुराकर मेरे बहुत करीब बैठ गई···

मुझे खुशी हुई कि कुलसुम ही मिली, यह अच्छा हुआ। यहां के कारनामे सही-सही पता लग जाएंगे। और कोई होती तो शरमाती और निहायत व्यापाराना ढंग से पेश आती। क्योंकि मुझे लगा, यहां की लड़कियां व्यापार करने वाली आम लड़कियों से अलग हैं। ये किन्हीं और कारणों से आती हैं!

कुलसुम अब व्यवस्थित हो गई थी। बोली, "तुमसे मिलकर खुशी हुई!"

मैंने कहा, "इस मिलने के पैसे दिए हैं!"

उसने मेरी नाक दबाई, "पर धोखा जो हो गया! किस्मत इसे कहते हैं। तुम किसके लिए आए थे, मैं किसके लिए आई थी! बहरहाल, यह एक्सीडेंट है तो खूबसूरत!"

कुलसुम अपने को काफी हल्का कर चुकी थी। उसने मजाक किया, "सीदा···!"

"नहीं"—मैंने कहा, "मेरा परपज वह नहीं था जो है, अब ठीक ढंग से पूरा होगा!"

"यानी?"

मैंने उसे अधिक 'इनफॉरमल' बनाने के लिए थोड़ी देर मजाक किया। बातों के सिलसिले में यह भुलाने का प्रयत्न किया कि उसके लिए यहां आना ठीक नहीं था। वह वाकई इस अहसास के बाहर होती गई और फिर उसने सारी कहानी बता दी। पहले तो वह अपनी ही बात कहती गई। वह पारसी लड़की है। उसके परिवार में उसका भाई और दो बहनें और हैं। भाई पचास का है। दो बहनें चालीस और पैंतालीस की हैं। सब क्वांरे हैं। न भाई ने शादी की और न बहनों ने। आगे शादी करने का इरादा भी नहीं है। शादी क्यों नहीं करना चाहतीं, इसका कारण कुलसुम को पता नहीं है। घर में पैसे

की कमी है और न साधनों की। एक बात यह जरूर जानती है, और वह मुझे भी मालूम है। पारसी ही एक ऐसी जाति है, जिसक रक्त शुद्ध है। यानी पारसी लड़की न तो इण्टर-कास्ट विवाह कर सकती और न खुलकर मुहब्बत। यदि उसने किसी और जाति के लड़के से शादी कर ली, तो वह पारसी नहीं रह सकती। यही कारण है कि पारसियों की संख्या घटती जा रही है। जो कट्टर हैं, वे शादी ही नहीं करते। मेरे ऐसे कई पारसी मित्र हैं, जो क्वांरे हैं। कम होने के कारण ही उनका अपना ठोस संगठन है। जो ज्यादा पैसा कमाते हैं, वे उसका कुछ हिस्सा अपने 'संघ' को देते हैं। जो कम पैसे कमाते हैं, उन्हें संघ से प्रतिमाह पैसे मिलते हैं। इसलिए पारसी चाहे बड़ा अफसर हो या क्लर्क—उसकी कमाई में बहुत अन्तर नहीं है। वास्तविक समाजवाद यहीं है। यदि खून की यह कट्टरता उनमें न हो तो ऐसा सुदृढ़ संगठन भी नहीं बन सकता। संगठन छोटे आकारों में ही अधिक सफल होते हैं।

कुलसुम भी क्वांरी है और शायद उसे हमेशा रहना पड़ेगा। उमर के आवेग में क्वांरापन कितना तीखा चुभता है, सहज कल्पनीय है। कुलसुम ने बताया, "मेरी बहनें शायद ऐसी ही क्वांरी हैं, जैसे मैं हूं।" उसने मुसकुराकर कहा, "मैं इस जगह पैसे कमाने के लिए नहीं आती। मैं तो मौज के लिए कभी-कभी आती हूं। जगह शाही और सुरक्षित है। ऐसे-वैसे लोग यहां पहुंचते नहीं, सो···!"

"परन्तु सभी ऐसी नहीं हैं,"—उसने कहा, "इनमें कई तरह की लड़कियां हैं। किसी का बाप सेक्रेटेरिएट में मामूली क्लर्क है! किसी का बाप मिल में मजदूरी करता है। किसी का बाप है ही नहीं, भाई साधारण-सी नौकरी में है! और··· ये सब कॉलेज में पढ़ती हैं जहां से फैशन शुरू होते हैं!"

"अमीरों की लड़कियां ही फैशन करें, यह कैसे बरदाश्त हो सकता है,"—उसने प्रश्नभरी दृष्टि से मुझे देखा, "और फैशन के लिए पैसे चाहिए। वह भी घरवालों से छिपकर। क्योंकि उनके घर गिरे हुए नहीं हैं। वे सब कुलीन हैं···!"

कुलसुम की बातें सुनकर मेरी नजरें एकबारगी बम्बई की सरपट दौड़ती ट्रेनों में से गुजर गई। जारजेट, नॉयलोन, और

लेटेस्ट मॉडल की साड़ियां पहनने वाली लड़कियां क्या इसी तरह पैसा कमाती हैं! मैं कई लड़कियों को जानता हूं।

एक बारगी ही ढेर-से चित्र मेरे सामने से गुजर गए! उनसे दौड़ती नजरें जब ठहरी तो मैंने देखा कुलसुम पास सिमटी-सी बैठी है। इतनी खूबसूरत लड़की साथ हो, तो मन को बांध-कर रखना चाहिए। व्यर्थ इधर-उधर दौड़ना बेकार हैं। गनपत का कहना सही हैं कि—'दोस्त वही जो पास हो!'

कुलसुम बैठी-बैठी कसमसा रही थी और बातें किए जा रही थी। मैंने पूछा, "अनी जरूरतें पूरी करने के लिए तुम यहां क्यों आती हो?"

उसने तुरन्त कहा, "यह जगह बहुत सेफ है! बेकार फ्लर्ट नहीं करना पड़ता। जो थोड़े पैसे मिलते हैं, उनसे दोस्तों को पार्टी देती हूं! वे मुझे बहुत रईस समझती हैं और मेरी बड़ी इज्जत करती हैं। मेरे साथ पढ़ने वाली सारी लड़कियां मेरे हाथ जोड़ती हैं और आगे-पीछे घूमती हैं।"

कुलसुम की बातों से पता चला कि गड़बड़ी यहीं है। आगे-पीछे घूमने वाली लड़कियां खुद भी औरों को घुमाना चाहती हैं। तब वे कुलसुम जैसी लड़कियों को कॉन्फीडेंस में लेती हैं। उनके साथ यहां चली आती हैं।

कुलसुम से काफी देर बातें होती रहीं। फिर उसी ने कहा, "क्या केवल बाते ही होंगी। आज तो तुमने पैसे दिए हैं?"

"वे तो वसूल हो गए,"—मैंने कहा, "उनका ब्याज हमेशा मिलता रहेगा!"

कुलसुम समझ गई थी। बोली, "बड़े उस्ताद हो!" मैंने मजाक किया, "उस्तादी तुम्हीं ने तो सिखाई है!" इसी तरह के कई हल्के-से मजाक होते रहे। फिर थोड़ी देर कमरे में शांति रही! कुलसुम की उभरती हुई आकांक्षाओं को समझना जरूरी था! न समझा जाता तो गलती होती!⋯ फिर तय हुआ कि कहीं चलकर लंच खाया जाए। बिल कुलसुम ही चुकाएगी। हम कमरे से बाहर निकलने को हुए तो उसने रोककर कहा, "तुम्हारे साथ इस वक्त चलना सम्भव नहीं है। यहां के कुछ नियम हैं। उन नियमों का पालन न करें तो निकाल दी जाएं⋯ आध घंटे बाद मैं आऊंगी⋯गेलार्ड में मिलेंगे!"

हम बाहर निकले तो बड़े कमरे में गनपत बैठा था। गनपत ने उठकर कुलसुम से हाथ मिलाए। दोनों ने मुसकुराकर अनबोले बातें कीं। मुझे लगा कि यह आदमी नहीं, कोई फरिश्ता है। इससे बम्बई का कोई कोना अनदेखा नहीं है। गनपत की आंखों के परदे 'एक्सरे' की एक मशीन है, जिसके सामने हर लड़की साफ है!

हम बाहर निकले तो धूप बहुत तेज थी। गेलार्ड में काफी देर ठहरे। कुलसुम एक घंटे बाद आई। पता चला कि एक और साहब आ गए थे और वहां के 'कोड ऑफ कन्डक्ट' के मुताबिक चाहने वाले को मना करना सम्भव नहीं था। तब भी उसने बताया कि वह चकमा देकर आई है। बाली, "हम भी 'मूड' का मालिक है! गड़बड़ करेगा तो नहीं जाएगा वहां···!"

गनपत ने खुश होकर लंच किया। बाद में कुलसुम ने ही पच्चीस रुपये का बिल पे किया। मैंने आज आपत्ति नहीं की। पैसा तो मेरा ही था। उसने कहा कि पांच रुपये बचे हैं। अभी कॉलेज जाएगा, फिर घर! इतने के लिए काफी होंगे। पता चला कि दस रुपये 'सी-ग्रीन' में टैक्स के रूप में कट गए।

गेलार्ड से बाहर निकले तो गनपत ने हमारा साथ छोड़ दिया। उसे कहीं और जाना था। कुलसुम को मैंने तैयार किया कि कॉलेज का नाम आज छोड़ दे, जो रोमानी मूड बना है, उसका हम आनन्द लें। वह तैयार हो गई। 'एरोज' में हमने पिक्चर देखी—'दि वर्ल्ड ऑफ सूजी बोंग!'

इस चित्र से समय खूब बीता। शाम को हम विदा हुए।

इक्कीस

एलिफेंटा में नलिनी से भेंट हो गई। चम्पई रंग की सुन्दर! मोरवणी ब्लाउज और आसमानी कांजीवरम् की साड़ी पहने!

पहली बार में ही नलिनी मुझे पसन्द आ गई। दोस्ती पर मुहर जड़ दी 'चीज सेंडविच' ने जो वह अपने साथ लाई थी। वह अकेले ही एलीफेंटा देखने कैसे चल पड़ी, यह बात शायद वह भी उतनी ही गहराई से सोच रही होगी, जितनी गहराई

से मैं सोचता हूं कि पांच बार देखने के बाद मैं अकेला कैसे चला आया!

"चलो कहीं चाय पिएं।" मैंने कहा।

'गुल मोहर' में बैठकर हमने चाय पी और एक-एक सिप को पहली मुहब्बत का जाम समझकर गले के नीचे उतारा। फिर लोकल ट्रेन में दादर तक मैंने उसे छोड़ा और बस में बैठ कर बैंड-स्टैंड तक गया।

नलिनी शिवाजी पार्क में रहती है। नुक्कड़ पर एक पुराना-सा मकान है। वहीं उसका घर है। बाप रिटायर हो चुका हैं। मां बेहद बातूनी है और लड़की पर खूब नजर रखती है। दो भाई हैं और दोनों आवारा हैं। लड़कियों के चक्कर काटते हैं। झुग्गियों में जाकर देसी शराब पीते हैं और नशे में धुत शिवाजी पार्क में आधी रात तक लफंगों और लोफरों का साथ देते हैं। नलिनी किसी को अपने घर नहीं लाती। वह क्या, बम्बई की कोई लड़की किसी ब्वॉय-फ्रैंड को घर नहीं लाया करती। एक दिन वह मुझे अपने घर ले गई। घर ले जाते हुए उसने हजारों एहसान मेरे सिर पर मढ़े।

घर पहुंचा तो मां अकेली थी। कुर्सी पर बैठी कंघी कर रही थी और सामने लिपस्टिक और रूज की शीशियां रखे हुए थी। मुझे देखकर उसने अपनी आंखें अजीब तरह से बनाईं और उन्हीं आंखों में एक गहरा रंग उतारकर उसने नलिनी की ओर देखा। नलिनी के लिए ये आंखें नई नहीं थीं। उसने कहा, "आई, (यानी-मां) ये बड़े अफसर हैं और मुके नौकरी दिलाने वाले हैं।"

मां की नजरें एकदम बदल गईं। बोली, "आओ बेटा, बैठो!" मुझे अजीब-सा लगा। मैंने शिकायत-भरी मुद्रा में नलिनी की ओर देखा तो वह बिना आवाज की हंसी से हंसती रही। उसकी मां ने कल के बने अनरसे खिलाए और दो कप चाय बनाकर लाई, जो हम तीनों ने पी। नलिनी की मां मुझे अच्छी लगी। उसकी बातों का ढंग सुघड़ था। बोली, "हमारी नलिनी बड़ी होनहार है। बचपन से निडर है। अपने पैरों पर खड़ा होना जानती है। कहां-कहां कितने लोगों को पहचानती है!"

मैंने भी नलिनी की तारीफ की। मुझसे मिलकर नलिनी की मां बड़ी खुश हुई। कल से उसे नौकरी जो मिलने वाली थी!

घंटे-भर बाद बाहर निकल कर मैंने नलिनी के हाथ जोर से दबाए और कहा, "तुमने ये क्या कह दिया? मैं नौकरी कहां से लाऊंगा?"

वह शरारत से हंसती रही। बोली, "हम नयीं जानता। तुम्हें लानाच पड़ेगा।" मुझे गुस्सा आया तो नलिनी ने एक टैक्सी रोकी। उसपर बैठकर हम शिवाजी पार्क के नीचे समन्दर के किनारे चले गए। एक कोने में रेत पर बैठी नलिनी अपने बम्बइया लटके सुनाती रही। अगर नौकरी की बात न कहे तो मेरा वहां जाना कैसे होता। और मेरा जाना इसलिए जरूरी था कि उसका भाई उसे रोज तंग करता था कि वह मुफ्त में खाती है। कहीं न काम करने का नाम लेती, न पढ़ने का। नलिनी हैरान है। वह पढ़े कैसे! दसवीं जमात में थी, तभी इश्क मुहब्बत के चक्कर में पड़ गई। वह गहरी होती गई और लड़के ने शादी का वायदा कर उसे बुरी तरह फंसा लिया। फिर पढ़ने-लिखने की बात ही कहां रही! बात कुछ और थी। उसके पेट में कोई अनजानी हलचल होने लगी थी। उसकी नसें तनने लगी थीं और खून का बहाव तेज हो गया था। वह खुद नहीं जान पा रही थी कि यह सब क्यों हो रहा है। एक हफ्ते बाद ही मितलियां आने लगीं और तब उसे एक डॉक्टर के यहां जाना पड़ा। डॉक्टर ने सचाई बताई तो वह कांप उठी।

मुहब्बत के दूसरे दौर में लड़का चित्त हो गया और बिना देखे-परखे गायब। नलिनी अकेली रह गई। तब उसे उसी डॉक्टर से दोस्ती करनी पड़ी। डॉक्टर ने उसका पेट पुरानी हालत में ला दिया और फिर दोस्ती भी कर ली। अब भी वह उसका है। जब जरूरत होती है, वह मदद करता है।

नलिनी की बम्बई में कितनी पहचान है। एम० एल० ए० होस्टल का ओवरसियर, क्वीन मेरी स्कूल का चपरासी, वरली की दवाइयों की दुकान का एजेण्ट, बीमा कम्पनी का मैनेजर, एक बड़े प्रेस का सब-एडीटर, चर्च गेट में घड़ियों की दूकान का

मालिक, 'साहिबसिंग' की दुकान का कम्पाउण्डर और रीगल सिनेमा के पीछे बने पंजाबी होटलों के मालिक। इन नामों को मैं एक सरसरी बार दुहरा गया और तब मैंने पाया कि इनके बाद एक नाम और जुड़ गया है—मेरा अपना नाम!

नलिनी को पीने-पिलाने का शौक नहीं है। हर पिए दोस्तों से वह नफरत नहीं करती। एक दिन 'बीयर' पीकर ही मैंने बहकने का नाटक रचा तो उसने मेरी तारीफ की। मैं पीने के बाद नशे में धुत्त (जबकि बीयर में नशा ही नहीं रहता!) अधिक खूबसूरत लगने लगता हूं। मेरा चेहरा हलका लाल रोशनाई में डूब जाता है और मेरी बातें बड़ी प्यारी होती हैं। इस तरह की अभिनय करना मुझे भी पसंद है। तब नलिनी की सारी पाशविक प्रवृत्तियां उभर आती हैं। वह मेरो बांहों से अपनी बांहें रगड़ती हैं। मेरी छाती की धड़कनें पढ़ती है और अपना पतला-सा हलका आंचल रह-रहकर छोड़ देती है। यह सब वह बहक में कर जाती है। कहती हैं, "प्यार करने में मजा आता है!"

प्यार में मजा किसे नहीं आता! पर नलिनी सबसे और हर वक्त प्यार नहीं करती। प्यार उसके अपने 'मूड' पर निर्भर है। गो कि पंजाबी होटल का मालिक कल पान की दूकान के नीचे एक पठान से कह रहा था, 'वह छोकरी है न! जब चाहो पकड़ सकते हो।' नलिनी तब दूसरे कोने से कहीं जा रही थी और पठान यह सुनकर ही अपनी जीभ हिलाने लगा था। नलिनी को यह किस्सा मैंने बताया तो वह खूब बिगड़ी थी—"हरामी कहीं का! है किसी में हिम्मत नलिनी को पकड़ने की!"

वह बहुत तेज थी और मैं अपना वक्त भारी नहीं बनाना चाहता था। मैंने उसकी बांहें पकड़कर कहा था, "देख ली हिम्मत!"

वह एकदम नीचे उतर आई थी और कहने लगी थी, "तुम तो दोस्त हो!"

मैं खूब हंसा था। नलिनी मुझे वाकई कभी बुरी नहीं लगी। उस चीखती-चिंघाड़ती नगरी में दिल की धड़कनों के पास बसने वाली दुनिया किसे बुरी लगी है! उसने कभी धोखा

नहीं दिया। ऐसी जगह ईमानदारी और शराफत ही तो मिलना जरूरी होता है।

महीनों के बाद नलिनी ने उस दिन आउटिंग का प्रपोजल रखा था। बहुत सोच-विचारकर बरसोवा के 'हॉलीडे कैम्प' में दिन गुजारने का विचार मजबूत किया। टिफन नलिनी ही अपने साथ लाई और सीधे वहीं 'कैम्प' में मिली। मैं पहुंचा तो वह खूब घुल-मिलकर 'कैम्प' के बैरे से बातें कर रही थी। मेरे पहुंचते ही बातें टूट गईं, पर नलिनी खूब हंसती रही। बहुत पूछने पर भी उसने हंसने का कारण नहीं बताया। हां, 'लंच' के बाद वह बहुत गम्भीर हो गई है।

वह अपने-आपमें जल रही थी। उसका दिमाग सचमुच बाहर था। वह फिर हंसने लगी और हंसते-हंसते मेरी गोद में सिर रखकर लेट गई—सीधे बिलकुल सीधे!

बोली, "शादी बनाने को मांगता!"

मैंने अचरज से उसे देखा। वह एकटक मेरी ओर देख रही थी। उसकी बंधी आंखों से कालापन नदारद था। वे सब एक ही रंग में रंगी दिखाई दे रही थी। उनमें एक मजबूत खिंचाव था। जोंक की तरह मेरे सारे व्यक्तित्व को वे खींचे जा रही थीं और मैं अपने-आपमें पानी होता जा रहा था। उसने अपने होंठ बेहद नरमाई से खोले और बात दुहराई, "शादी बनाना मांगता!"

बड़ी हिम्मत कर मैंने पूछा (पूछना जरूरी भी था)—"किससे?"

वह हंसने लगी! हंसते-हंसते फिर एकदम गम्भीर हो गई। बोली, "कोई दूल्हा चाहिए। वह अपना कमाएगा। अपन रोटी पकाएगा! खूब मजे में रहेगा।"

मैं हंसा। उसने कहा, "दूल्हा रहने से एक और फ़ायदा है।"

"वह क्या?" मैंने पूछा।

"लड़का हो सकता है।"

मैं अपनी हंसी रोक नहीं सका। खूब हंसा। इतना कि उसे उठकर अपनी हथेली मेरे मुंह पर रखनी पड़ी। बोली, "पागल

हो गए। चुप रहो!"

चुप हुआ तो उसने कहा, "लड़का होने से अच्छा रहता है। मुझे बस, एक दर्जन बच्चा चाहिए—सात लड़का, पांच लड़की!"

अबकी बार मुझे भीतर से प्रयत्न करना पड़ा। अपनी हंसी रोकने के लिए मैंने अपने खून तक को दबोचा। नलिनी उसी तरह खिले फूल-सी सपनों की दुनिया में तैरती रही। उसकी आंखों के रेशे तनते रहे। उसकी छातियां हवा के दबाव से भारी होती गईं और मुझे लगा जैसे वह सचमुच मां बन गई है और बारह में से पहला बच्चा होने में अब देर नहीं है।

वह हड़बड़ाकर उठी। उसने बटन दबाया तो बैरा आ गया। बिना मेरे पूछे उसने बिल दे दिया। मैंने बहुत मना किया, वह नहीं मानी। बोली, "अब घर तक टैक्सी का भाड़ा तुम दे देना।"

मुझे आपत्ति नहीं हुई। टैक्सी में बैठते हुए उसने कहा, "शादी बनाने का तय कर लिया है, मैंने!"

"किससे?" मैं सोच रहा था, यह जरूर कुछ कहेगी। मेरे प्रति उसके मन में जो हो, कहलाना चाहता था। वह किसी भ्रम में रहे, यह मेरी इच्छा नहीं थी। उसने बिना हिचक के कहा, "बस, पंडित से मुहुर्त दिखाना है, फिर राममन्दिर में शादी!"

मैंने कहा, "बधाई, अभी से!"

उसने अपना सिर मेरे कंधे पर रख लिया। उसका एक हाथ मेरी पीठ पार करता हुआ दूसरे कंधे को पकड़े था। अपना मुंह वह मेरे मुंह के पास लाने लगी। क्या करना चाहती है वह! वह कान के पास अपना मुंह ले गई और बोली, "शादी बनाएगा उस बैरा से···ठीक है न···सब तय!"

मैं जड़ बना बैठा रहा। टैक्सी तब माहिम के 'चेक पोस्ट' को पार कर रही थी। समन्दर उतार पर था। जब हम जा रहे थे, उसमें बड़े जोर का ज्वार आया था।

बाईस

अगले दिन की कहानी नलिनी से एकदम आगे थी। दोपहर टेलीफोन पर बातचीत हो चुकी थी। कालबादेवी की एक दूकान पर उससे मिलने का समय तय हुआ था। आश्चर्यजनक रूप से मैं ठीक समय पर पहुंच गया। वह पांच मिनट पहले ही पहुंची थी।

बिना कुछ कहे वह मेरे साथ चल दी। स्टैंड से टैक्सी पकड़कर हम लोग कोलाबा आ गए और पीछे के समुद्री किनारे पर एक कोने में जा बैठे। छः महीने बाद वह मिली थी और मुझे गुस्सा आ रहा था कि कहां चली गई थी, इतने दिनों से? बैठते ही उसने पचास रुपये निकाले और मुझे देते हुए बोली, "यह लो अपना कर्जा।"

छः महीने पहले वह मुझसे पचास रुपये ले गई थी। मुझे भरोसा नहीं था कि वह पैसे लौटाएगी। मैंने उसके चेहरे को देखा, उसकी आंखें नम थीं। मैंने उसे घूरा तो वह सिसकने लगी। मैंने रुपये उसके हाथ से लेकर उसी के पर्स में रख दिए, काफी प्रतिवाद के बाद वह चुप हुई।

छः महीने की उसकी जिन्दगी निहायत दर्द-भरी थी। जिस तरह वह मुझसे मिलती रही है, औरों से भी मिली है। मैंने बहुत बार बस-स्टैडों पर उसे अज़नबी छोकरों के पास सटे हुए खड़े देखा है? मैंने कहा, "जो हो गया, सो ठीक बताओ कहां रहीं थीं?"

"खंडाला!" उसने कहा, "वह पारसी लड़का मेरा पुराना दोस्त था। एक दिन खंडाला ले गया। पीछे के झरने के पास उसकी झोंपड़ी थी। उस शाम हम दोनों ने खूब पी। उसने तो इतनी पी कि पीते-पीते सो गया। सुबह उसे अपनी भूल का पता लगा। शाम तक उसके कुछ मित्र और आ गए। पीने का प्रोग्राम फिर बना। तब मेरी हालत खराब होती गई। उसके दोस्त ढालते गए और मैं उनका प्यार पीती गई। बाद में मेरी हालत मेरे कब्जे के बाहर हो गई। उसने मुझे अपनी बांहों में लेते हुए कहा, 'सुरू, चिन्ता मत करो। सभी अपने हैं।' उसके मित्र शशि ने शेर सुनाने शुरू किए।

"शेर के बाद इश्क और अरक के जोर बढ़ते रहे। सभी मिलकर मुझे हिम्मत बंधाते रहे, ताकि मैं अकेली लड़की एक साथ उन तीनों लड़कों के साथ खुलकर खेलती रहूं। मुझे कभी याद आता, फिर अपने को भूल जाती। वहां की दीवारें मुझे नाचती हुई-सी लगीं। कोलाहल सन्नाटे की तरह भिनभिनाता नजर आया और मेरे सामने बैठे तीनों लोगों की रोशनदान आंखें बोलती सी नजर आई।

"उसने मेरी हालत देखी। मुझे उठाकर पलंग पर लिटा दिया। कुछ देर सिरहाने पर बैठा रहा, तो उसके बाकी दोस्त खूब हंसे। मुझे हसने की गूंज के सिवाय कुछ पता नहीं फिर···"

वह रोने लगी। अपना सिर मेरे कंधे से लगाकर उसने सिसकना शुरू कर दिया। उसके आंसू मेरे कंधे पर गिरकर बुश्शर्ट को तर करते रहे। मैं केवल उसके सिर पर हाथ फेरता रहा।

आधा घण्टा बीत गया। अंधेरा काफी हो गया था। लहरें ज्यादा काली नजर आती थीं। उसकी सिसकी कम हुई तो उसने कहा 'मुझे गलत मत समझना। उसने यह सब बताया नहीं था। मेरे साथ यह जबरदस्ती थी और वह उसने ही नहीं, उसके दोस्तों ने भी की। अब मुझे याद नहीं है कि उस रात किन-किन ने मेरे ओंठों को चूमा है। कहां और क्यों चूमा है। मैं भूल गई हूं कि कौन-कौन-सी बांहें सुबह तक मेरे सिर के नीचे पड़ी रही हैं। सुबह मेरे कपड़े मेरे बिस्तर पर नहीं थे और मेरे आवाज देने के बाद वह पारसी लड़का हंसते हुए कपड़े लेकर आया था। 'उसने पूछा, 'कैसी हो?' "

मैंने कहा था, "बहुत अच्छी हूं?"

"कैसा लग रहा है अब?"

"अब की बात क्या है? मुझे बुरा कब लगा है?"

मैंने पूछा था, "तुम्हारे पार्टनर कहां गए?"

उसने कहा, "मेरी पार्टनर तो तुम हो।"

"मेरे बिस्तर पर बैठकर उसने मेरे साथ मुहब्बताना हरकतें शुरू कर दीं। मैं जानती थी कि कुछ भी कहना बेकार है। सो हंसती रही। उसकी हरकतों का जवाब देती रही।

"दोपहर के बाद मैंने उसे ठीक करने का निश्चय किया। खूब उल्टी-सीधी बातें कीं। मुझे शिकायत उससे नहीं, उसके

बाकी दो पार्टनरों से थी, जो उसी के सामने मेरे जिस्म से खेलकर चले गए। मैंने उसे लानत दी। उसकी आदमियत को दुतकारा। इसके असर उस पर खूब हुआ। वह लज्जित हुआ और उसने माफी मांगी। उसने वचन दिया कि वह मेरे साथ विवाह कर लेगा। मुझे चिन्ता नहीं करनी चाहिए।"

सुरू ने मेरी ओर देखा। विवाह की बात वह कई बार दुहरा चुकी है। एक बार मुझसे सौ रुपये ले गई थी। कहती थी—'एक दूल्हा ढूंढ़ा है। रैस्ट-हाउस में असिस्टेंट इंजीनियर है। तुम्हें शीघ्र निमंत्रण दूंगी। आना तो नहीं भूलोगं?"

मैं खुश हुआ था।

मैंने कहा था, "नहीं।"

सुरू को चार साल से जानता रहा हूं। बम्बई आते ही जुहू में मिली थी। मेरे एक दोस्त की वह गहरी दोस्त रह चुकी है उसने लिखा था—'इन्हें भी तरह समझना।' इसका मतलब मुझे छः महीने बाद पता लगा था। उसने कभी बस के लिए मुझे किराया नहीं देने दिया। होटल का हर बिल उसने अदा किया है। कुछ तनहा शामें नारियल के झाड़ों के नीचे उसने मेरे साथ काटी हैं। तब वह पेरिस का खुशबू-भरा रूमाल लाती रही। कहती थी—'उसे यह खूब पसन्द है। वह पीता नही था। इसी की सुगन्ध उसे मादक बना देती थी। हम दोनों ने खूब प्यार किया है। वही है, जिसके साथ मैंने कभी सिनेमा देखा है।'

मैं समझ गया था कि यह सब मुझे भी करना होगा। बम्बई जैसी तनहा नगरी में ऐसा साथी मिलना बड़ा कठिन होता है। मिल गया, मेरा भाग्य। बाद में कई मित्र मुझसे जलते रहे। सुरू मेरी जिन्दगी का एक भाग बन गई थी। एक दिन उसने अपने पेट के नीचे का भाग दिखाते हुए कहा था, "इसे छूकर देखो।"

छूते हुए मैंने कहा, "क्यों?"

"इनमें एक गांठ पड़ गई है। ये परतें तुम देखते हो न? इतनी जल्दी नहीं पड़नी चाहिए।"

"ये कैसे पड़ीं?"

"दो बार 'एबोरशन' हो गया।" बिना हिचक के उसने

कहा, "उसके बाद पेट खराब हो गया। नौबत ही नहीं आई। अब चाहती हूं कोई दूल्हा मिल जाए, तो 'लगन' कर लूं। और वह ऑपरेशन भी करा देगा। उसके पहले ऑपरेशन नहीं कराऊंगी।"

मैंने पूछा, "तुम्हें तकलीफ नहीं होती?"

उसने कहा, "होती है। पर बड़ी तकलीफ से यह छोटी है।"

बहुत झिझक के बाद एक दिन मैंने उससे पूछा था, "ऐसा क्यों करती हो?"

उसने कहा, "मजे के लिए।" फिर वह खूब हंसी। बोली, "नये-नये लड़कों की हरकतें अपने आप में एक कहानी हैं। मैं इसके बाद कहानी लेखिका बनूंगी और वह कहानियां लिखूंगी कि···।"

"सब लड़के दर्द से कराह उठेंगे···" मैंने वाक्य पूरा करते हुए कहा था, तो वह खूब हंसी थी।

बोली, "लड़कों को बेवकूफ बनाने में मजा आता है।"

मैंने उसकी तरफ देखा तो वह समझ गई। मेरे गालों पर हलका-सा चांटा लगाते हुए बोली थी, "तुम्हें नहीं बनाऊंगी। तुम्हें कुछ और समझती हूं। तुम मुझे जब चाहो, जिस तरह चाहो बेवकूफ बना सकते हो।"

सुरू की ये बातें आज भी मुझे याद आईं। उसे अतीत की बाते नहीं झुलसातीं। अतीत को चूमना क्या इतना सहज है! मेरी तो आत्मा दहल उठती है। शुरू में कहा, "वह पारसी शादी की बात तय कर गया। तभी मैं उसके साथ रही।" वह चाहती थी कि किसी पुरुष की एक स्त्री बनकर रहे, भले ही वह एक की न हो। यह बात उसने एक बार स्वीकार की थी। मेरे मित्र के साथ चार महीने रह चुकी है, दिन-रात की साथी बनकर।

तीन महीने के बाद खंडाला में एक दिन उसे उल्टियां आने लगीं। उसने कहा, "मैंने अपनी परतों को देखा। वे अपने आप कैसे खुल गईं, मुझे अचरज था! पर मुझे सुख भी था। कुछ हो जाए तो यह पारसी भी ठीक रास्ते में आ जाए।"

सुरू फिर रोने लगी। मैंने समझाया, "तुम्हारे लिए ये

नई बातें नहीं हैं। फिर क्यों रोती हो?"

उसने कहा, "नहीं, यह नई बात थी। वह मुझसे होशियार निकल जाएगा, मुझे भरोसा नहीं था।"

हताश सुरू ने उतने ही साहस से काम लिया। अपनी सहेली की पूना में तलाश की। पूना वह अक्सर आती रहती थी। उससे किस्सा बताया और एक पहचान की लेडी डाक्टर के यहां चली गई। डाक्टर ने तीन दिनों तक उसकी जांच की और कहा, "कोई बात नहीं है। डरती क्यों हो?"

सुरू को बेहद दुःख हुआ था, उसके पेट की गठानें अभी तक नहीं खुलीं। उसे कितना बड़ा भ्रम था। इमी भ्रम में उसने उस बेवकूफ पारसी को खो दिया, जिसे वह मजे में बेवकूफ बना रही थी, और शायद बनाती रहती।

रात ज्यादा घिर आई थी। चारों ओर के जोड़े चले गए थे। लहरें यूं ही सिर मार रही थीं। सुरू उस अंधेरे में मेरा हाथ अपने पेट पर रखते हुए बोली, "क्या ये परतें कभी नहीं खुलेंगी? कभी नहीं···।"

उसे खुश करना जरूरी था। मैं अपनी हथेली उसके पेट पर फेरता रहा। मैंने कहा, "कभी समय आएगा। जरूर आएगा। ये परतें तब खुले बिना नहीं रहेंगी।"

उसने दोनों हाथ मेरे गले में डाल दिए। तेजी के साथ उठकर उसने मेरे दोनों गाल चूम लिए। बोली, "तुम्हारी बात सही है। तुम्हारा साथ है तो जरूर खुलेंगी?"

मैंने इस अंधेरे में उसे घूरकर देखा। उसने कहा, "क्या समझे? उसका साथ था तो मैं हर परेशानी से दूर थी। उसकी जगह तुम हो। तुम्हारी छाया काफी है। मुझे परेशानी नहीं हो सकती!"

मुझे तसल्ली हुई और अचरज भी, सुरू जैसी लड़कियां भी पुरुषों की छाया चाहती हैं!

हम बाहर आए। रीगल में 'हनीमून नाइट' फिल्म लगी थी। उसने हाथ पकड़ कर खींचा। कहा, "यही देखेंगे।" इन्टरवल में सामने की श्रेणी से एक अधेड़-सी औरत ने हमें घूरना शुरू कर दिया। फिर वहीं से चिल्लाई—"बेबी··ओ, बेबी!" मैंने पूछा, "किसे बुला रही है?"

उसने कहा, "मुझे।"

उसने हाथ का इशारा कर उसे बैठ जाने को कह दिया। फिर अंधेर हो गया। उसने बताया, वह उसकी बुआ है। मैं घबराया तो वह बोली, "घबराओ नहीं। तुम्हारे बारे में वह सब जानती है। तुम बड़े नेक और अच्छे आदमी हो, यह भी वह जानती है। पिक्चर छूटने के बाद तुमसे मिला दूंगी।" मैं चुप रहा और पिक्चर छूटने के पहले ही पेट में दर्द का बहाना बनाकर मैं चला गया। मैंने कहा, "बेबी, कल मिलूंगा तुम्हें घर तक का साथ तो मिल ही गया।" बेबी सुनकर इतना हंसी कि कई दर्शक भी लौटकर देखने लगे।

तेईस

कुछ दिन लगातार मैं रणजीत स्टूडियो नहीं पहुंच सका। एक के बाद एक चक्कर! हर चक्कर अपने-आपमें अलग और अनोखा! रोज रात को मैं गणेश और विनोद को कहानियां सुनाया करता। एक-दो दिन में हल्दिया मिल जाता। एक दिन मैंने जब सारी कहानियां उसे सुनाई तो वह दंग रह गया। बोला, "व्हाट ए रिच मेटीरियल यू हैव!...दिस इज जस्ट वंडरफुल!"

"लेकिन इन का उपयोग बम्बइया फिल्मों का कोई निर्माता नहीं कर सकता!' मैंने कहा और फिर उस दिन जयन्तीमाला के साथ जो घटा था, मैंने कह सुनाया। हल्दिया के लिए यह कोई नई बात नहीं थी। आखिर वह भी प्रोड्यूसर रह चुका है! उसने कहा, "लेखकों की आदत ही ऐसी होती है। हर बात को वे इसी तरह बढ़ा-चढ़ाकर देखते हैं!"

हल्दिया से विवाद करना मैंने ठीक नहीं समझा! उसने सलाह दी कि मैं प्रयोगात्मक फिल्म के चक्कर में न पड़ूं। मैंने जो सुनाया है, वह सब एक 'बाक्स आफिस' फिल्म के लिए अच्छा मसाला है। उसने सुझाव दिया कि मैं इन सारी घटनाओं को एक में जोड़ दूं तो जो फिल्म इस तरह बनेगी अपने-आपमें नई होगी। हल्दिया का सुझाव था कि उसमें कोई एक हीरोइन न हो, ये सारी लड़कियां अपना-अपना काम करें। हीरो

कोई एक आदमी हो! वह गनपत की भूमिका करने वाला कोई अभिनेता हो सकता है। उसने एक बड़े अभिनेता का भी नाम सुनाया और कहा कि उस अकेले के लेने से काम चल जाएगा। बाकी लड़कियां एक्स्ट्राओं में से हम चुन लेंगे। इस तरह खर्च भी कम आएगा और फिल्म भी बन जाएगी। मुझे लगा कि हल्दिया का सुझाव मान लेने में हानि नहीं है।

दूसरे दिन प्रमिला जब दफ्तर आई तो मैंने अपना इरादा उसे बताया। सुनकर वह बहुत खुश हुई। उसे खुशी थी कि मैंने वनीदा को किसी भी तरह फिल्म में लेने का इरादा छोड़ दिया है।

दो-चार दिनों में यह बात भी फैल गई कि जो फिल्म बनाने जा रहा हूं उसमें सात-आठ हीरोइन होंगी। शेफाली ने भी इस बात को दूर-दूर तक फैला दिया। कविता को पता चला तो वह तुरन्त मिलने चल आई। उस समय दप्तर में मैं था और तिवारी। तिवारी को अचरज था कि मैं क्या करने जा रहा हूं। अभी से हवा बंध गई है। फिल्म का मूहूर्त होगा तो क्या प्रतिक्रिया होगी! सब कुछ सुनकर कई बार तो मुझे ही लगता कि आखिर यह सब क्या हो रहा है! कविता को मैंने समझाया कि ये सब हवा की बातें हैं। मुहूर्त हो जाए, तब ठीक मानो, लेकिन उसने जिद नहीं छोड़ी। उसने अपना मामला खुलकर सामने रखा और कहा कि सबसे बड़ी भूमिका उसे ही मिलनी चाहिए। मेरा जी हुआ कि मैं दोनों के सामने दीवार से सिर पीट लूं। कविता ने जब देखा कि खीझने लगा हूं तो एक कोरे कागज पर अपने दस्तखत कर वह चली गई। बोली, "मेरी ओर से कॉन्ट्रेक्ट पर सिगनेचर हो गए!—देखूं, मेरे बिना आप कैसे फिल्म बनाते हैं?"

तिवारी मेरी ओर देखकर मुसकुरा दिया। बोला, "वाह हुजुर! आपके भी मेहरवां हैं कैसे-कैसे!"

दफ्तर से उठकर बाहर आया तो दादर स्टेशन पर मुझे गनपत मिल गया। वह लोकल ट्रेन की प्रतीक्षा में था। मुझे देखकर वह खुश हुआ। उसके चेहरे से यह स्पष्ट था। उसने पूछा, "सा'ब, कहां जा रहा है?"

"कहीं खास नहीं ··· !"

"तो मेरे साथ चलिए!"

"कहां?"

"चलिए तो··· !"

गनपत मुझे स्टेशन से बाहर ले आया। बाहर आकर उसने एक टैक्सी रोकी। दरवाजा खोलकर उसने मुझे बैठाया और फिर वह खुद भी आकर बैठ गया।

उसने बताया कि खार में हंसूभाई रहते हैं। कपड़े के व्यापारी हैं। उनके घर आज संगीत समारोह है। यह भी बताया कि हंसूभाई की बीवी बहुत खूबसूरत है और बहुत अच्छा गाती है! गनपत ने बड़े गर्व के साथ बताया कि हंसूभाई जानते हैं कि गनपन दलाली का काम करता है। किस चीज की दलाली करता है, उन्होंने कभी नहीं पूछा और न जानने की कोशिश की। उनकी बीवी जसोदा को एक बार भनक पड़ गई तो उसने जिज्ञासा से कई तरह के प्रश्न किए। मेरे पास अपना मुंह लाकर गनपत ने कहा, "सा'ब, हंसूभाई और जसोदा बेन दोनों बड़े प्रेम से रहते हैं। ब्याह हुए पन्द्रह बरस हो गए। बस, उन्हें एक ही दर्द है! दोनों अब भी अकेले हैं। जसोदा बेन एक लड़के के लिए कितना तरसती है, सा'ब! उसने साधु-संन्यासियों की सेवा की है। देवी देवताओं को मना चुकी है, कोई खुश नहीं होता। दोनों बाराणसी से लेकर वैष्णवदेवी तक हो आए। कोई नहीं पिघल··· !"

गनपत ने और धीरे से फुसफुसाते हुए कहा, "सा'ब, जसोदा बेन तो अकेले में रो तक देती है! हंसूभाई के मित्रों ने यह अफ-

वाह उड़ा दी है कि वह नपुंसक है! हरे राम···हरे राम··· !" गनपत खिसककर दूर चला गया और अपनी हथेली से अपना ही चेहरा पोंछने लगा!

उसने कहा, "मजबूरी भी कितनी निकम्मी होती है, सा'ब! जब से जशोदा बेन के कान में मेरी असल दलाली की भनक पड़ी है, तबसे वह मोतीचूर के लड्डू और बेसन की बरफी खिलाने लगी है··· !"

गनपत आगे कुछ और कहता कि हंसूभाई का घर आ गया। गनपत ने टैक्सी रुकवाई। टैक्सी वाले को पैसे देकर हम हंसूभाई के घर के भीतर पहुंचे तो वहां खूब चहल-पहल थी! कमरे में संगीत के साजोसामान जमा थे। वहां पन्द्रह-बीस लोग और बैठे थे। हंसूभाई दौड़-दौड़कर लोगों का स्वागत कर रहे थे। मुझले मिलकर उन्होंने बड़ी खुशी जाहिर की।

गनपत ने मुझे जसोदा बेन से मिलवाया। गोरी और तुले वदन की सुन्दर स्त्री! उमर भले तीस-बत्तीस की हो, पर बीस-बाईस से अधिक की नहीं दिखती थी। गनपत ने जसोदा से मेरा विशेष परिचय कराया। विशेष यानी मुझे अपना खास दोस्त और एक ओहदेदार अफसर बताकर। जसोदा के पास दो लड़कियां और बैठी थीं। वे भी गुजराती जान पड़ती थीं और दोनों कमसिन थीं। अपनी नजरें नीचे झुकाये वे जैसे जमीन को घूर रही थीं।

घड़ी ने आठ बजाए तो जसोदा ने सितार के तारों पर अपनी सीधी नुकीली अंगुलियां रख दीं। वहां बैठे लोग सितार के स्वर के साथ ही जैसे झनझना उठे। चारों ओर खामोशी! बस स्वर ही स्वर! सितारों के साथ उभरते जसोदा के मीठे स्वर! निहायत सुरीला गला और धागे-सी महीन आवाज! आवाज तब मोटी हो गई जब दोनों लड़कियों ने भी साथ में गाना शुरू कर दिया।

गीत पिघलता रहा और अपने आप बहता रहा। वहां बैठे सभी लोग आंखें बंद किए भाव-विभोर हिलते रहे। जसोदा की आंखें बंद थीं, लेकिन हाथ की अंगुलियां उसी तरह तारों के साथ खेल रहीं। उसका कंठ हौले से खुलता और धागे का एक महीन रेशा बाहर छोड़ देता। थोड़ी देर के बाद मैंने देखा, बन्द पलकों के नीचे बारीश के छींटे की तरह नमी उतर आई है। गीत अंतिम सीढ़ी तक पहुंचा।

जशोदा के गालों पर एक बूंद आकर टिक गई और उसी समय सारे लोगों ने तालियां पीट दीं। तालियों के बाद एकदम गम्भीर शान्ति छा गई।

एक पंडित ने आकर वह खामोशी तोड़ी। उसने जसोदा बेन को बुलाया तो और सभी लोग खड़े हो गए। हंसूभाई ने हाथ जोड़कर प्रार्थना की कि हम सब भीतर के कमरे में चलें।

कमरा रंग-बिरंगी पताकाओं से सजा था। हल्की-हल्की खूशबू पूरे कमरे में फैल रही थीं। बीच में एक लम्बा-सा टेबल था और उसपर करीने के साथ सारा सामान सजा हुआ था। कमरे के एक कोने में एक छोटा टेबल था। उस पर एक झला रखा हुआ था। झूले के चारों ओर बेला, चमेली और जूही की मालाएं लटक रही थीं। केवड़े के सीधे फूल झूले के चारों कोनों में जैसे उग आए थे। झूले के ऊपर का आसमान चांदनी से सजाया गया था और उस पर रंग-बिरंगे गुब्बारे लटक रहे थे।

बड़े टेबल के बीच में एक केक रखा था। पैटन-टैंक के आकार के इस केक के नीचे लिखा था, 'जन्मदिन मुबारक!'

मैंने गनपत की ओर देखकर पूछा, "किसका जन्मदिन मनाया जा रहा है? तुमने तो यह नहीं बताया था···।"

"उनके बेटे का!"

"लेकिन उनके तो कोई लड़का नहीं है, तुम ही तो कह रहे थे··· ?"

"हां··· !" गनपत अपनी बात नहीं कह पाया। साड़ी बदल कर जसोदा कमरे में आई तो फिर तालियां बजने लगीं। उसने झूले से एक लड़के को गोद में उठाया और उसे लेकर केक के पास पहुंची। उसका एक हाथ छुलाकर वह पीछे हट गई तो दो लड़कियों में से एक ने वह केक काटना शुरू कर दिया। उसे घेरे सब लोग एक साथ चिल्लाए, 'हैपी बर्थ डे टु यू।'

जसोदा बेन ने वह लड़का फिर झूले में सुला दिया। मेरी समझ में कुछ नहीं आया तो मैंने फिर गनपत की ओर देखा। और लोग प्लेटें लेकर टेबल के आस-पास घूमने लगे तो गनपत मेरा हाथ पकड़कर मुझे झूले के पास तक ले गया। मैंने झांक कर देखा, उसमें मोम का एक पुतला था! पूरे बच्चे के आकार के उस पुतले को रेशम के कपड़ों में सजाया हुआ था। गले में सोने की एक जंजीर थी और कानों में चमकते हुए हीरे के नग लटक रहे थे। पुतले को देखते ही सब-कुछ मेरी समझ में आ गया। मैंने जसोदा बेन को देखना चाहा। और लोग खाने में लगे थे, लेकिन जसोदा एक कोने में खड़ी आंखें पोंछ रही थी।

जसोदा की यह हालत देखकर मेरी भी आंखें भर आईं और मुझे उस कमरे की हर चीज काटती-सी लगी। मैंने गनपत से कहा, "चलो, हम यहां से चलेंगे।" हम बाहर आने लगे तो जसोदा ने हमें देख लिया। उसने रोककर कहा, "कुछ खाइएगा नहीं?"

"नहीं," मैंने उत्तर दिया, "आपका दर्द मैं समझ रहा हूं··· !"

मैं कमरे के बाहर आ गया। जसोदा एकाएक सिसकने लगी। सिसकते हुए बोली, "क्या करें साहब, हर साल एक बार इसी तरह अपने मन को हम बहला लिया करते हैं··· !"

गनपत ने मेरी ओर देखकर कहा, "जसोदा बेन बड़ी धर्म-परायण हैं। रोज रामायण का पाठ करती हैं और··· !"

जसोदा ने अपनी भरी हुई आंखों से मुझे देखा और बोली, “आप इतने सारे आदमियों में एकदम अलग हैं। कभी फिर आइए···। दोपहर वो सब दूकान चले जाते हैं। आप तब आएं तो हम बात करेंगे।”

“जी, हां, मैं जरूर आऊंगा!” एक झूठा वायदा कर मैं तेजी से गनपत के साथ बाहर आ गया।

रात को घर आकर मैंने यह किस्सा गणेश और विनोद को सुनाया। सुनकर दोनों को बड़ा अचरज हुआ। बड़ी देर तक दोनों हंसते रहे और फिर सो गए। मेरे लिए वह रात काटना मुश्किल हो गया। मैं कमरे में टहलता रहा, सचाई भी कितनी कड़वी होती है! बहुत बार दुनिया का सारा साहित्य झूठा और अधकचरा-सा लगने लगता है। उसमें वह सहजता आ ही नहीं सकती···! मैं सोच की गहराइयों में डूब गया, यदि इसे अपनी फिल्म का अंश बनाऊं तो···? कोई विश्वास नहीं करेगा। इसे मनगढ़न्त और झूठा समझा जाएगा लेकिन···!

मैं कमरे के बाहर आ गया और ऊपर छत पर जाकर अकेला घूमने लगा। हल्की-सी चांदनी खिली थी और सारा शहर एकदम शान्त था। थकी हुई बत्तियां नीचे सिर झुकाए उदास और मौन खड़ी थीं। मैं छत पर आगे-पीछे घूमने लगा, एक के बाद एक सारे चेहरे मेरी आंखों के सामने से गुजरते गए। इन सबकी कहानियां कितनी अजीब हैं! कोई उन्हें सच नहीं समझेगा। मुझे लगा कि हर कहानी एक इतिहास के साथ जुड़ी हुई है। संवेदनाओं का गहरा समन्दर उनमें हिलोरें ले रहा है। ज्वार और भाटे की तरह लहरें उठती और गिरती हैं। किनारे पर या तो उतरते ज्वार की सीपियां रह जाती हैं या फिर छोड़ी हुई लहरों के चिह्न मात्र! उन चिह्नों को भी समय मिटाता चलता है। ऐसे पात्रों को लेकर फिल्म बनाना उनका मखौल उड़ाना है और मुझे क्या अधिकार है कि मैं इस

तरह किसी का मजाक उड़ाऊं। यदि मैं उनके साथ हमदर्दी नहीं दिखा पाता, तो मुझे उन पर हंसने का भी अधिकार नहीं है!

रात बीतती गई और मेरा मन अपने आप नीचे गिरता गया। जब मैं उतरकर अपने कमरे में आया तो मेरे साथ एक निश्चय था, मैं अब फिल्म नहीं बनाऊंगा! फिल्म बनाकर मैं एक साथ इतनी हत्याएं नहीं कर सकता।

सवेरे ही मैंने रणजीत स्टूडियो से अपना ऑफिस उठा लिया। गनपत को जब यह पता लगा तो वह अचम्भे के साथ मेरे चेहरे को ताकने लगा, कारण पूछने की उसकी हिम्मत नहीं हुई।

●●●